*„Bücher sind wie Fallschirme. Sie nützen uns nichts, wenn wir sie nicht öffnen."*

**Gröls Verlag**

## Redaktionelle Hinweise und Impressum

Das vorliegende Werk wurde zugunsten der Authentizität sehr zurückhaltend bearbeitet. So wurden etwa ursprüngliche Rechtschreibfehler regelmäßig *nicht* behoben, denn kleine Unvollkommenheiten machen das Buch – wie im Übrigen den Menschen – erst authentisch. Mitunter wurden jedoch zum Beispiel Absätze behutsam neu getrennt, um den Lesefluss zu erleichtern.

Um die Texte zu rekonstruieren, werden antiquarische Bücher von Lesegeräten gescannt und dann durch eine Software lesbar gemacht. Der so entstandene Text wird von Menschen gegengelesen und korrigiert – hierbei treten auch Fehler auf. Wenn Sie ebenfalls antiquarische Texte einreichen möchten, finden Sie weitere Informationen auf www.groels.de

Viel Freude bei der Lektüre wünscht Ihnen das Team des Gröls-Verlags.

**Adressen**

Verleger: Hermann-Josef Gröls,

Im Borngrund 26, 61440 Oberursel

Externer Dienstleister für Distribution & Herstellung:

BoD, In de Tarpen 42, 22848 Norderstedt

**Unsere „Edition | Werke der Weltliteratur“** hat den Anspruch, eine der größten und vollständigsten Sammlungen klassischer Literatur in deutscher Sprache zu werden. Nach und nach versammeln wir hier nicht nur die „üblichen Verdächtigen“ von Goethe bis Schiller, sondern auch Kleinode der vergangenen Jahrhunderte, die – zu Unrecht – drohen, in Vergessenheit zu geraten. Wir kultivieren und kuratieren damit einen der wertvollsten Bereiche der abendländischen Kultur. Kleine Auswahl:

**Francis Bacon** • Neues Organon • **Balzac** • Glanz und Elend der Kurtisanen • **Joachim H. Campe** • Robinson der Jüngere • **Dante Alighieri** • Die Göttliche Komödie • **Daniel Defoe** • Robinson Crusoe • **Charles Dickens** • Oliver Twist • **Denis Diderot** • Jacques der Fatalist • **Fjodor Dostojewski** • Schuld und Sühne • **Arthur Conan Doyle** • Der Hund von Baskerville • **Marie von Ebner-Eschenbach** • Das Gemeindekind • **Elisabeth von Österreich** • Das Poetische Tagebuch • **Friedrich Engels** • Die Lage der arbeitenden Klasse • **Ludwig Feuerbach** • Das Wesen des Christentums • **Johann G. Fichte** • Reden an die deutsche Nation • **Fitzgerald** • Zärtlich ist die Nacht • **Flaubert** • Madame Bovary • **Gorch Fock** • Seefahrt ist not! • **Theodor Fontane** • Effi Briest • **Robert Musil** • Über die Dummheit • **Edgar Wallace** • Der Frosch mit der Maske • **Jakob Wassermann** • Der Fall Maurizius • **Oscar Wilde** • Das Bildnis des Dorian Grey • **Émile Zola** • Germinal • **Stefan Zweig** • Schachnovelle • **Hugo von Hofmannsthal** • Der Tor und der Tod • **Anton Tschechow** • Ein Heiratsantrag • **Arthur Schnitzler** • Reigen • **Friedrich Schiller** • Kabale und Liebe • **Nicolo Machiavelli** • Der Fürst • **Gotthold E. Lessing** • Nathan der Weise • **Augustinus** • Die Bekenntnisse des heiligen Augustinus • **Marcus Aurelius** • Selbstbetrachtungen • **Charles Baudelaire** • Die Blumen des Bösen • **Harriett Stowe** • Onkel Toms Hütte • **Walter Benjamin** • Deutsche Menschen • **Hugo Bettauer** • Die Stadt ohne Juden • **Lewis Caroll** • *und viele mehr….*

# Inhalt

# Hugo Bettauer

# Faustrecht

## 1. Teil

### Erstes Kapitel

Oskar Fels betrat pfeifend, ungeheuer geräuschvoll das „Lokalzimmer“ der „Weltpresse“, schmiß den Hut auf seinen Schreibtisch, den Pelzrock über einen Stuhl und klatschte in die Hände, um sie zu erwärmen. Ein wütendes Grunzen vom anderen Schreibtisch her unterbrach seine lärmende Tätigkeit. „Ah, Sie auch schon da, Herr Kollege! Und noch nicht ausgeschlafen?“

Das Grunzen verstärkte sich zu einem Pfauchen. Julius Grubenheld, der Chef des „Lokalen Teiles“ und der unmittelbare Vorgesetzte des ersten Reporters Fels, erwiderte nichts. Er erstickte innerlich vor Wut, hatte aber, wie gewöhnlich, auch diesmal nicht den Mut, sich auf ein Wortgeplänkel mit Fels einzulassen. Grubenheld war, wie sehr viele Neurastheniker, am Morgen ungenießbar, wütend, schlecht gelaunt, empfindlich gegen jeden Lärm. Er hätte sich am liebsten in eine Kammer verkrochen und dort so lange allein zugebracht, bis ihn die „Stimme des Herrn“ aus seiner Zerschlagenheit aufrütteln und ihm neuen Lebenswillen einflößen würde. Der „Herr“ war in diesem Falle der Besitzer der „Weltpresse“, den Grubenheld haßte und liebte, verehrte und verachtete, wie eben Sklaven ihre Herren zu lieben und zu hassen, zu verachten und zu vergöttern pflegen. Er sprach von seinem Chef nur als von dem alten Gauner, seine Anordnungen nannte er Trotteleien, seine Reklamationen bewußte Bosheiten, so wie er aber vor das Antlitz des Herausgebers gerufen wurde, verwandelte sich der Haß in Demut, die von der Vormittagslaune heisere Stimme wurde sanft und milde und jede

Opposition zur Huldigung. Fels, der den direkten Verkehr mit dem „Alten“ weder suchte noch liebte, verachtete seinen ranghöheren Kollegen wegen dessen Schweifwedelei und auch aus anderen Gründen und tat sein Bestes, um Grubenheld seine geistige und psychische Überlegenheit empfindlich fühlen zu lassen. Der Unterschied zwischen den beiden Journalisten kam schon rein äußerlich zum Ausdruck. Fels, groß, stark, brünett, temperamentvoll, mit schwarzen Augen, aus denen Lebensfreude und eiserner Wille strahlten, Grubenheld gekrümmt, weich, plattfüßig, Augen von einem verschwommenen Blau, ein faltiges Gesicht, in das getäuschte Hoffnungen, Nachtarbeit, krankhafter, aber vergeblicher Ehrgeiz tief ihre Spuren eingegraben haben.

Fels ließ sich krachend in seinen Stuhl nieder, blätterte flüchtig in den eingelaufenen Manuskripten herum und sagte:

„Lauter Mist! Wieder einmal nichts los!“

Grubenheld mit beleidigtem Gesicht und halb gebrochener, wie Fels behauptete, unausgegurgelter Stimme:

„Nichts los? Ich finde, zwei Spalten Ausstellungseröffnung sind für das Abendblatt gerade genug.“

„Genug, ja, aber nicht interessant. Das ist doch der höhere Schund. Eine Spalte ›Unter den Anwesenden befanden sich‹ und eine Spalte geistvoller Aussprüche aus dem erlauchten Munde des Herrn Staatssekretärs, wie ›Sehr schön‹, ›Sehr stimmungsvoll‹, ›Haben Sie das nach der Natur gemalt?‹, ›Das ist Ihnen sehr gelungen‹ und so weiter.“

„Lieber Herr Kollege, ich habe jetzt keine Lust und Zeit, mit Ihnen über die Bedeutung derartiger Tagesereignisse für die ›Weltpresse‹ zu streiten, sondern muß Sie bitten – –“

Zu weiteren Auseinandersetzungen kam es nicht, da von dem Tischtelephon Grubenhelds zwei Signale ertönten, ein Zeichen, daß der Herausgeber von seiner Wohnung aus den Chef des Lokalteiles sprechen wollte. Im Nu war von Grubenheld jede Nervosität gewichen, er wurde gespannteste Aufmerksamkeit und rief, während er die eine Hand abwehrend vor sich hinhielt, wie um jede Störung von sich fernzuhalten, in die Sprechmuschel hinein:

„Guten Morgen! Gut geschlafen? Ja? Das freut mich. Guter Schlaf ist bei Ihrer ungeheueren Arbeitsleistung das Wichtigste. Zu Ihrem heutigen Leitartikel muß ich Ihnen gratulieren! Man spricht in ganz Wien darüber. – Wie? Das hat Ihnen schon Kollege Untermacher gesagt? Nun ja, ich wußte nicht, daß Sie ihn früher als mich angerufen haben." – Die Stimme Grubenhelds nahm eine etwas gekränkte Art an. – „Nein, es liegt nichts Besonderes vor. Ein größerer Brand im neunten Bezirk, ein Eisenbahnunfall bei Prag, aber Personenzug, also nicht aufregend für unsere Leser, und dann ein langer Bericht über die Eröffnung im Künstlerhaus. Ja, natürlich, gar kein Zweifel, das sind ja unsere Leser. Ich habe dem Kollegen Fels eben gesagt, daß dieser Bericht von der größten Bedeutung für uns ist. Natürlich müssen wir mehr darüber bringen als die ›Tagespost‹."

Fels hatte, vor sich hingrinsend, zugehört und jetzt platzte er los:

„Lieber Herr Kollege, woher wissen Sie, daß ganz Wien über den Leitartikel spricht? Sie kommen doch gerade aus dem Bett? Und warum machen Sie immer Verbeugungen? Der Alte sieht Sie doch nicht, heben Sie sich das auf, sonst werden Sie sich noch eine Rückgratverkrümmung zuziehen."

Es kam zu keiner Auseinandersetzung, denn jetzt wurde die Türe aufgerissen und herein stürzte atemlos ein Bureaudiener.

„Herr Doktor," sagte er, zu Grubenheld gewendet, „gerade wird aus dem Café ›Türkenschanzpark‹ telephoniert, daß im Cottage in der Kastanienallee Nummer zweiundvierzig ein furchtbarer Mord begangen wurde. Die Besitzerin des Hauses und ihre Schwester sind umgebracht worden."

Große Aufregung bei Grubenheld, der mit Armen und Beinen zu fuchteln begann, während Fels ganz ruhig blieb und, als würde ihn die Sache nichts angehen, an der Eröffnung des Künstlerhauses zu redigieren begann. Als ihn aber Grubenheld anfuhr: „Ich bitte Sie, haben Sie nicht gehört? Cottage, das muß groß aufgemacht und recherchiert werden!" sagte Fels: „Jawohl, ich bin ja nicht taub, ich werde hinfahren und mir die Sache ansehen." Und den anderen seiner Aufregung überlassend, nahm er Pelz und Hut und verließ scheinbar ganz gelassen das Gebäude der „Weltpresse", winkte einem Auto und ließ sich nach der Kastanienallee fahren.

## Zweites Kapitel

Das Haus Nr. 42 in der ruhigen, fast weltabgeschiedenen Kastanienallee, die die älteste Straße der Wiener vornehmen Villenkolonie „Cottage" ist, liegt tief in einem alten, schönen Ziergarten, so daß man auch jetzt, im Februar, da die Bäume ihr Laub nicht tragen, von der Straße aus die Fassade der schloßähnlichen Villa nicht genau sieht. Wohl aber leuchten von der Front unterhalb des Giebels die goldenen Buchstaben „Villa Mabel" deutlich hervor. Das Gebäude ist bester Wiener Barock, zweistöckig, mit einer Auffahrt zum Portal, und macht einen durchaus feudalen Eindruck. Es steht nach allen Seiten frei, hat sechs Fenster Vorderfront und ist ersichtlicherweise so gebaut, daß im Hochparterre die Salons und Empfangsräume liegen, im ersten Stockwerk die Wohn- und Schlafzimmer, darüber etwaige Gastzimmer und die Wohnräume der Dienerschaft.

Als Fels mit seinem Autotaxi angefahren kam, umstand eine große Menschenmenge das Gittertor, das von der Straße nach dem Garten führt, ein Schutzmann aber verwehrte jedermann den Eintritt. Erst als Fels seine Legitimation vorwies, öffnete ihm der Polizist, höflich salutierend, das Tor und sagte dabei: „Unten, im ersten Zimmer rechts."

Fels fühlte, wie ihm die angesammelte neugierige Menge mit neidischen Blicken folgte, und ein eigenartiges, ironisches oder verächtliches Lächeln . kräuselte seinen schönen, vielleicht etwas zu vollen Mund, den ein englisch gestutzter Schnurrbart freiließ. Dicht hinter Fels fuhr jetzt wieder ein Auto vor, dem ein gewaltiger Herr, der Präsident der Wiener Polizei, Dr. Lerchenfeld, mit seinem Privatsekretär entstieg. Er erreichte den Journalisten knapp vor dem Hausportal, klopfte ihm auf die Schulter und sagte leichthin:

„Na, da haben ja die Zeitungen wieder einmal eine Sensation! Ein Doppelmord in der vornehmsten Straße Wiens, das ist ein gefundenes Fressen, besonders für die ›Weltpresse‹. Himmel, Ihr Chef wohnt ja auch im Cottage, da wird er diesen Mord als persönliche Bedrohung auffassen und der Polizei in einem Leitartikel gute Lehren erteilen. Na, das kann ja nett werden."

„Habe keine Ahnung," erwiderte Fels kühl, „da ich noch gar nichts weiß, als daß ein Verbrechen begangen wurde."

Beide traten nun in das Zimmer rechts von der schönen großen Halle, in die man zunächst kam. Der geräumige Saal, in dem die Herren von der Polizei versammelt waren, repräsentierte sichtlich einen Herrensalon. Die Wände unten aus dunklem Holz, im oberen Teil mit grünem Leder bespannt, ein mächtiger Diplomatenschreibtisch, Rauch- und Spieltischchen und eingebaute Bücherschränke, zwischen diesen alte, kostbare englische Stiche. Vor dem Schreibtisch saß jetzt ein Polizeibeamter, der mit rascher, flüssiger Schrift schon eine stattliche Anzahl von Papierbogen beschrieben hatte. Um einen Spieltisch herum saßen und standen mehrere in Zivil gekleidete Herren, während sich zwei Mädchen eben anschickten, weinend und aufgeregt das Zimmer zu verlassen.

Der eine der Herren war der Chef der Sicherheitsabteilung der Wiener Polizei, Direktor Anton Lechner, der andere sein Stellvertreter Polizeirat Hermann, ein alter, kleiner Herr, Herausgeber der offiziellen Polizeikorrespondenz, der die Berichte für die Zeitungen, soweit sie keine eigenen Berichte machen, fertigzustellen hat. Zwei Detektive stehen vorne, im Hintergrund an der Wand lehnt aber mit gekreuzten Armen ein hagerer, glattrasierter Herr mit scharfer Hakennase und einem Kneifer vor den klugen grauen Augen. Es ist dies Kriminalkommissär Dr. Heinrich Bär, einer der erfolgreichsten Polizeibeamten der deutschösterreichischen Republik, dem die schwierigsten Fälle zur

Spezialbehandlung überwiesen werden. Vor kurzem erst hat er internationales Aufsehen durch die Entdeckung einer in sechs Großstädten etablierten Banknotenfälschergesellschaft erregt und allgemein wird dem vielseitig gebildeten, etwa dreißigjährigen Manne eine glänzende Laufbahn vorausgesagt. Als der Polizeipräsident mit dem Journalisten eintritt, winkt Dr. Bär dem letzteren lächelnd zu. Beide verkehren fast freundschaftlich miteinander, sie sind Stammgäste desselben Kaffeehauses und haben oft genug gemeinschaftlich an interessanten Kriminalfällen gearbeitet.

Direktor Lechner nahm die Protokollbogen zur Hand, verbeugte sich noch einmal vor dem Präsidenten und begann, während sich Fels Notizen machte:

„Herr Präsident, ich gestatte mir, Ihnen alles vorzulegen, was bisher erhoben ist:

Das Haus, in dem wir uns befinden, ist Besitz des Ehepaares August und Mabel Langer. Herr Langer ist sechsunddreißig Jahre alt, in Wien geboren und erzogen, hat aber noch vor Beendigung des Gymnasiums Europa verlassen, um zu einem in London lebenden Onkel zu ziehen, der dort eine Fabrik für Feinmechanik besaß. In London lernte Herr Langer die Tochter eines anderen Fabrikanten derselben Branche kennen und vermählte sich mit Miß Mabel Mac Lean vor fünfzehn Jahren. Er bekam mit seiner Frau ein großes Vermögen, erbte nach wenigen Jahren die Fabrik seines Schwiegervaters und übersiedelte bald darauf nach Wien, wo er eine Fabrik errichtete, während er die Unternehmungen in England an Verwandte seiner Frau verpachtete. Während des großen Krieges hat Herr Langer sein Vermögen verzehnfacht, da er nicht nur hier Millionen verdiente, sondern auch an dem Riesengewinn der englischen Etablissements mit der Hälfte des Reinertrages partizipiert. Als Herr Langer vor elf Jahren nach Wien übersiedelte, kaufte er diese Villa, die er und seine Frau mit fürstlichem Luxus ausstatteten. In ihrer Gesellschaft befand sich die ganzen Jahre hindurch Miß Kathleen Mac Lean, die Schwester der Frau Langer, die um zwei Jahre jünger war als diese, einen verwachsenen Rücken hatte und wohl aus diesem Grunde ledig geblieben ist. Die Ehe selbst ist kinderlos. Sonst befinden sich in diesem Hause noch ein Stubenmädchen und eine Köchin, ein Kammerdiener und ein Gärtner. Der Kammerdiener ist aber gestern morgens mit seinem Herrn nach Prag verreist, der Gärtner befindet sich seit einem Monat in Holland auf Urlaub, da er ein Holländer ist und es jetzt im Februar hier nichts für ihn zu tun gibt. Der Chauffeur des Herrn Langer wohnt nicht hier im Hause und befindet sich derzeit in Essen, wo er ein neues Automobil für Herrn Langer übernimmt. Der Privatsekretär des Herrn Langer, Doktor juris Holzinger, pflegt nur die Zeit von elf Uhr vormittags bis zwei Uhr nachmittags hier zu verbringen.

Und nun kommen wir zu dem schrecklichen Ereignis, das uns heute versammelt. Wie schon gesagt, ist Herr Langer gestern morgens in geschäftlichen Angelegenheiten nach Prag gefahren und hat seinen Kammerdiener mitgenommen. Da der Gärtner in Holland weilt und der Chauffeur in Essen, blieben als Hausbewohner hier nur vier Personen zurück: Frau Langer, deren Schwester und die beiden Dienstmädchen. Der gestrige Tag verlief ereignislos. Die beiden Damen fuhren nachmittags in einem gemieteten Auto in die Innere Stadt, machten dort ihre Einkäufe, kamen gegen acht Uhr abends zurück, speisten und begaben sich ungefähr um elf Uhr zur Ruhe. Die Schlafzimmer der Damen liegen im ersten Stockwerk nach der Seite gegen Osten und sind voneinander durch zwei kleine Zimmer, den Ankleidezimmern der Damen, getrennt. Stubenmädchen und Köchin haben zusammen ein Zimmer im zweiten Stockwerk, und zwar nach Westen, also an der entgegengesetzten Seite des Hauses, demzufolge die räumliche Entfernung ziemlich erheblich genannt werden muß. Von jedem der Zimmer der Damen führt eine elektrische Klingel nach dem Schlafzimmer der Mädchen. Die Mädchen, die kurz nach den Damen zu Bett gingen, hatten in der Nacht nichts Beunruhigendes, weder Schritte noch Geräusche oder gar Schreie gehört. Frau Langer und ihre Schwester sind Frühaufsteherinnen, fast regelmäßig geben sie um acht Uhr das Glockenzeichen nach ihrem Frühstück, das dann sofort in den beiden Schlafzimmern serviert wird. Als aber heute eine Viertelstunde nach der anderen verging, ohne daß dieses Glockenzeichen laut wurde, begab sich das Stubenmädchen Anna Prohaska ein Viertel vor neun Uhr zum Schlafzimmer der Frau Langer, öffnete leise die nicht versperrte Tür und warf einen Blick hinein. Was sie sah, veranlaßte sie, einen gellenden Schrei auszustoßen, der die Köchin Marie Bittner aus der im Souterrain gelegenen Küche herbeistürzen ließ. Frau Langer lag nämlich, gelbgrün im Gesicht, mit weit aufgerissenem Mund im Bett, während sie die Arme mit den ausgespreizten Fingern ausgebreitet hielt. Anna beugte sich nun über ihre Herrin und gewann sofort die Überzeugung, daß diese tot sei. Gemeinsam mit der Köchin rannte sie durch die beiden Garderobezimmer nach dem Schlafgemach des Fräulein Mac Lean, und dort bot sich ihnen fast derselbe Anblick, nur daß diese mit den Beinen zum Bett heraushing. Gellende Hilferufe ausstoßend, rannten die beiden Dienstmädchen auf die Straße, alarmierten die Passanten und Nachbarn, ein Polizist war sofort zur Stelle, und schon um halb zehn Uhr war ich mit meinem Herrn Stellvertreter, Protokollführer, dem Herrn Kriminalkommissär Doktor Bär und mehreren Detektiven im Hause. Wenige Minuten nach uns kam auch Polizeiarzt Doktor Bondi, der sich jetzt noch oben bei den Leichen befindet. Wir fanden folgende Situation vor: Die beiden Damen waren zweifellos vor mehreren Stunden im Schlaf überfallen und erwürgt worden. Auch ohne die Leichen zu untersuchen, sahen wir doch die Würgmerkmale an den Gurgeln der Frauen. Im Schlafzimmer der Frau Langer waren die Schubfächer eines niedrigen Spiegelschrankes aufgerissen. In der obersten Schublade befindet sich eine Kassette aus Elfenbein, in der sich nach Angabe des Stubenmädchens, der kostbare Schmuck der Frau Langer befand. Dieses Elfenbeinkästchen, das eine Länge von vierzig Zentimetern bei einer Breite von dreißig und einer Höhe von fünfundzwanzig Zentimetern hat, ist aufgebrochen und seines Inhaltes scheinbar beraubt."

„Also unzweifelhaft ein Raubmord," warf der Polizeipräsident ein.

„Allem Anschein nach," erwiderte der Chef des Sicherheitsbureaus, während sich Dr. Bär jeder Meinungsäußerung enthielt, obwohl ihn der Präsident fragend ansah. Fels aber machte sich ruhig weiter seine Notizen.

Direktor Lechner fuhr fort:

„Ich nahm davon Abstand, die Leichen genau zu besichtigen, bevor Doktor Bondi sie untersucht hat, konnte aber trotzdem feststellen, daß Fräulein Mac Lean ein goldenes Uhrenarmband trug, das während des Ringens mit dem Mörder zerbrochen ist. Die Uhr, deren Glas zerschmettert ist, blieb um zwei Uhr zwanzig Minuten morgens stehen, man dürfte also annehmen, daß dies die Zeit der Tat war. Das Stubenmädchen bestätigte, daß die Dame ihr Uhrenarmband auch nachts zu tragen pflegte.

Für die Täterschaft kommt vorläufig noch keine bestimmte Person in Betracht. Köchin wie Stubenmädchen sind seit fast zehn Jahren im Hause, beide sind recht zarte und schwache Mädchen, beide sichtlich niedergeschmettert durch das schreckliche Ereignis. Natürlich stehen sie unter Bewachung, eine gründliche Untersuchung ihrer Effekten hat zu keinem Ergebnis geführt. Die unbedingt wichtigste Aussage, die bisher vorliegt, ist die folgende der beiden Dienstmädchen: Das Stubenmädchen hat sich um sieben Uhr morgens zum Gartenportal begeben, um aus dem dort angebrachten Briefkasten die Zeitung zu holen. Haustor wie Gartenportal waren ordnungsgemäß versperrt, die Sicherheitsvorrichtung am Gartenportal war in Ordnung. Auch wenn das Schloß an diesem Portal aufgesperrt ist, kann man nämlich die Türe erst dann öffnen, wenn man den Deckel des inwendigen Schlüsselloches nach aufwärts drückt. Das ist einer jener Geheimmechanismen, wie ihn die Villen im Cottage zu haben pflegen. Der oder die Mörder müssen also, da die Schlösser keinerlei Beschädigung aufweisen, Portal wie Tor regelrecht mit einem Schlüssel geöffnet und die Sicherheitsvorrichtung gekannt haben, wie sie überhaupt ohne genaue Kenntnis der Wohnungsverhältnisse und der Tatsache, daß Herr Langer verreist ist, ihre Tat nicht begehen konnten. Diese Tatsache wird uns unsere Arbeit wohl wesentlich erleichtern, da dadurch der Kreis der in Betracht kommenden Personen ein sehr enger wird.“

## Drittes Kapitel

Gerade hatte der Chef des Sicherheitsbureaus seinen Vortrag beendet, als die Türe geöffnet wurde und zwei Beamte das Zimmer betraten. Der eine teilte mit, daß Dr. Bondi die Untersuchung der Leichen beendet habe und die Herren oben erwarte. Der andere erklärte, daß er soeben mit der Prager Polizeidirektion ein telephonisches Gespräch gehabt habe. Die Prager Polizeidirektion hatte durch einen höheren Beamten Herrn Langer im Hotel „Blauer Stern" Mitteilung von dem Geschehnis gemacht. Herr Langer sei fast zusammengebrochen und habe sofort ein Tourenauto bestellt, um auf raschestem Wege nach Wien zu kommen. Da dem Chauffeur die Erlaubnis ausgestellt worden sei, mit achtzig Kilometer Stundengeschwindigkeit zu fahren, so dürfte Herr Langer gegen drei Uhr nachmittags in Wien eintreffen.

Inzwischen waren noch einige andere Journalisten erschienen und alles begab sich zunächst in die Zimmer der beiden Ermordeten. Der Anblick der erwürgten Frauen wirkte niederschmetternd, und einer der Journalisten konnte den wenig taktvollen Ausruf nicht unterdrücken: „Na, schön sind sie beide nicht gewesen!" Nein, das waren sie wahrhaftig nicht! Frau Langer war der Typus der mageren, reizlosen Engländerin mit knochigem Körper, zu großen Füßen, schmutzig-gelbem, spärlichem Haar, dünnen Lippen und mächtigen, hervorstehenden Zähnen, während Miß Mac Lean mit ihrem verkrümmten Rückgrat, dem schwarzen, wolligen Haar und den zusammengewachsenen Augenbrauen geradezu abstoßend wirkte. Nach einer flüchtigen Besichtigung der Leichen begaben sich die Herren über den Vorraum in ein großes, als Frühstückszimmer eingerichtetes Gemach, und hier erklärte Dr. Bondi die Situation vom ärztlichen Standpunkt aus:

„Die Morde sind vor etwa sieben Stunden, also tatsächlich gegen zwei Uhr morgens verübt worden. Während die Frauen schliefen, ist der Mörder an die Betten herangeschlichen, hat mit der rechten Hand die Kehle des Opfers umspannt, wobei in beiden Fällen der Daumen auf den Kehlkopf zu liegen kam, und dann mit solch furchtbarer Gewalt zugedrückt, daß die Opfer wohl vielleicht durch einige Sekunden noch um sich schlagen, aber sicher keinen Laut von sich geben konnten. In beiden Fällen ist der Kehlkopf eingedrückt, die Frauen müssen die Besinnung fast sofort verloren haben. Die kräftiger gebaute Mac Lean dürfte sich stärker gewehrt haben, wofür die Tatsache spricht, daß sie mit dem Handgelenk, über dem sie das Uhrenarmband trug, nach rückwärts an einen Messingstab des Bettes anschlug, wobei das Uhrglas zerbrach. Jedenfalls hat der Mörder so gearbeitet, daß er von den Händen der Frauen nicht verletzt wurde. Die mikroskopisch nachgewiesene Unversehrtheit der ziemlich langen Fingernägel der Ermordeten bewies dies.

Nach den Würgspuren zu schließen, sind beide Frauen von ein und demselben Mann ermordet worden. Dieser Mann muß sehr kräftige, eher große als kleine Hände gehabt haben, die aber mit Handschuhen, und zwar mit solchen aus Wildleder, bekleidet waren. Diese raffinierte Vorsicht macht jede daktyloskopische Untersuchung der Würgmerkmale aussichtslos."

Tiefe Stille trat im Zimmer ein, die der Polizeipräsident schließlich unterbrach. Mit gerunzelter Stirn und sichtlich nervös sagte er etwas scharf:

„Meine Herren, Sie werden mir zugeben, daß wir vor einem vollkommenen Rätsel stehen. Und dabei sind nahezu acht Stunden seit der Tat verstrichen, genug, um Spuren zu verwischen, die geraubten Gegenstände zu verbergen, sogar, um die Grenzen unseres kleinen Staates zu verlassen. Herr Doktor Bär, ich bitte Sie, die Nachforschungsarbeit mit aller Energie und allen uns zu Gebote stehenden Hilfsmitteln zu übernehmen. Bleibt der Täter unentdeckt, so bedeutet dies für uns alle einen Prestigeverlust, der nicht mehr einzubringen ist, um so mehr, als ja auch der Mörder aus der Schönbrunnerstraße noch immer nicht gefunden werden konnte."

Dr. Bär verneigte sich leicht vor dem Präsidenten und erwiderte:

„Ich weiß das Vertrauen, das Herr Präsident mir schenken, vollauf zu würdigen und werde meine Pflicht tun. Was den Mord in der

Schönbrunnerstraße betrifft, so gestatte ich mir die Bemerkung, daß ich eine sichere Spur des Täters habe, den ich heute schon verhaften könnte, wenn ich es nicht vorzöge, ihn aus technischen Gründen noch einige Tage beobachten zu lassen. Hier in diesem Falle stehen wir allerdings vor einem Rätsel, dessen Lösung ich auch nicht näher kommen kann, bevor Herr Langer nicht in Wien eingetroffen ist. Er allein kann uns über die so wichtige Schlüsselfrage Auskunft geben, er allein kann genau sagen, was an Schmucksachen und Geld geraubt wurde. Ich habe darüber bereits die Dienstmädchen vernommen, aber ihre Auskunft ist ungenau. Wohl sprechen sie von einem kostbaren Perlenhalsband, vielen Ringen, Broschen, Nadeln und so weiter, aber dies alles ist nicht genug präzise. Das Handtäschchen aus Schildpatt, das der Frau Langer gehörte, lag auf dem Nachtkästchen und enthält außer einigen kleinen Münzen kein Geld. Das Stubenmädchen weiß nicht, ob und welcher Geldbetrag sich in der Tasche befunden hat. Aus dem Besitz des Fräuleins Mac Lean scheint nichts geraubt worden zu sein, wenigstens befinden sich in ihrem Täschchen auf dem Toilettetisch achthundert Kronen, eine Anzahl von Schmuckstücken, darunter sehr kostbare, liegen im Schubfach des Nachtkästchens.

Die beiden Dienstboten erscheinen auch mir als unverdächtig, die Köchin macht den Eindruck einer beschränkten, bedürfnislosen Person, das Stubenmädchen stammt aus guter Familie und ist mit einem Volksschullehrer, der in Linz lebt, verlobt. Sie selbst kann die Tat unmöglich begangen haben, daß sie jemanden dabei gedungen oder dabei unterstützt hat, ist absolut nicht anzunehmen. Ich habe überhaupt vorläufig keine bestimmte Fährte, mache aber darauf aufmerksam, daß wir den Privatsekretär des Herrn Langer, Doktor Holzinger, noch nicht vernommen haben. Ich habe wohl schon nach seiner Wohnung in der Florianigasse geschickt, aber er war nicht zu Hause. Ich nehme an, daß er bald hier erscheinen wird.“

In diesem Augenblick trat ein Detektiv ein und meldete, daß soeben Dr. Holzinger gekommen sei. Gleich darauf betrat der Privatsekretär des Herrn Langer das Zimmer.

## Viertes Kapitel

In demselben Augenblicke, als der Name Dr. Holzingers von Dr. Bär auch nur erwähnt worden war, hatte sich der Verdacht der meisten im Zimmer anwesenden Herren auch schon an die Person des jungen Juristen geklammert. Er war der einzige Mann, der sich während der Abwesenheit des Herrn im Hause bewegen konnte, er war aber auch der einzige, der bei der bisherigen Untersuchung nicht anwesend war, und der einzige, nach dem so gewissermaßen gesucht werden mußte. Und dieser keimende Verdacht, dem jede Basis fehlte, wollte nicht ersticken, als nun Holzinger das Zimmer betrat, obwohl er alles eher in seinem Äußeren repräsentierte als einen Mörder. Mittelgroß, schlank, blond, der kurze Spitzbart wohlgepflegt, sehr einfach, aber gut gekleidet, machte er den Eindruck eines Lehrers, eines Beamten, sicher aber nicht den einer diabolischen Persönlichkeit. Allerdings war er blaß und verstört, aber das war kein Wunder, da er ja unten vom Polizisten erfahren hatte, was vorgefallen war. Er blieb jetzt auch mit allen Zeichen des Entsetzens stehen und blickte mit weit aufgerissenen Augen sprachlos auf die Männer vor ihm, bis sich die Worte: „Das ist ja furchtbar, meine Herren," von seinen Lippen lösten.

„Ja, allerdings, das ist furchtbar," ergriff Kriminalkommissär Bär das Wort, „und wir müssen Sie, Herr Doktor, bitten, das Ihrige zu tun, um uns unsere schwere Aufgabe zu erleichtern."

Und nun begann das Verhör. Auf Befragen gab der Privatsekretär mit leiser Stimme an:

„Ich bin zweiunddreißig Jahre alt, in Wien geboren, mein Vater ist längst gestorben, ich wohne mit meiner alten Mutter Florianigasse Nr. 55. Ich wollte Staatsbeamter werden, aber gerade als ich meine juristischen Studien beendet und den Doktorgrad erreicht hatte, brach der Krieg aus und ich mußte als Fähnrich einrücken. Ich war fast ununterbrochen an der Front und brachte es bis zum Oberleutnant der Reserve. Nach dem Zusammenbruch stand ich vor vollständig veränderten Lebensbedingungen, von einer Beamtenkarriere konnte keine Rede mehr sein; um Advokat zu werden, war ich zu alt, auch fehlten mir die Mittel, abgesehen davon, daß ich mich während des Krieges verlobt hatte und so rasch als möglich einen Broterwerb brauchte, um heiraten zu können."

Fast alle der Anwesenden nickten bei diesen Worten verständnisvoll und Dr. Bärs Blick kreuzte sich mit dem des Journalisten Fels. Wieder einer von zehntausenden von Fällen, in denen dieser unglückselige Krieg Hoffnungen vernichtet, Pläne zerstört, Existenzen geknickt hatte! Dr. Holzinger fuhr fort:

„Nach vielen Wochen vergeblichen Suchens fand ich durch ein Inserat schließlich die Stellung, die ich seit zwei Jahren bekleide. Ich wurde Privatsekretär des Herrn Langer."

„Welchen Gehalt beziehen Sie?"

„Ich trat mit fünfhundert Kronen ein, erhielt zweimal Aufbesserungen und habe jetzt sechshundert Kronen monatlich. Diese Stellung füllt meine Zeit nicht ganz aus, da ich für Herrn Langer im allgemeinen nur von elf Uhr bis zum Mittagstisch, also gegen zwei Uhr, tätig bin. Ich versuchte, da ich nicht wagte, mit einem solchen Einkommen bei der anhaltenden Teuerung einen Hausstand zu gründen, dies um so weniger, als ich meine Mutter unterstützen muß, irgend eine weitere Beschäftigung zu finden, aber dies ist mir bisher nicht gelungen."

„Welcher Art war eigentlich Ihre Tätigkeit bei Herrn Langer?"

„Herr Langer, dessen Bureau sich in der Hegelgasse befindet, ließ mich hier bei ihm zu Hause seine private Vermögensverwaltung besorgen, die recht komplizierter Natur ist; denn einerseits handelt es sich um einen nach vielen Millionen zählenden Besitz, andererseits sind die Gattin und die Schwägerin des Herrn Langer die Teilhaberinnen dieses Vermögens, ohne die keinerlei Transaktion oder Neuanlage vorgenommen werden darf. Es müssen bei jedem Schritt ihre Unterschriften eingeholt werden. Außerdem führe ich die Privatkorrespondenz, soweit sie nicht rein persönlicher Art ist."

Dr. Bär stützte jetzt die Hände auf den Schreibtisch, beugte sich vor und stellte eine Frage, die rings im Kreise ersichtliches Interesse fand. Auch Fels horchte hoch auf:

„Herr Doktor Holzinger, wie war es um die Beziehungen des Herrn Langer zu den zwei ermordeten Frauen bestellt; war diese Ehe harmonisch, gab es Zank und Streit? Die Fragen, die ich stelle, sind höchst delikater und sicher indiskreter Natur, aber ihre wahrheitsgetreue Beantwortung kann von großer Wichtigkeit sein."

Holzinger zögerte einige Augenblicke, bevor er antwortete:

„Daß die Ehe harmonisch und überaus glücklich war, möchte ich nicht behaupten, obwohl ich niemals Zeuge ernster Streitigkeiten gewesen bin. Herr Langer scheint der schwächere Teil gewesen und vollständig unter der Herrschaft seiner Frau und auch deren Schwester gestanden zu haben. Ich hatte mitunter sogar den Eindruck seiner absoluten Willenlosigkeit. Mehrfach blieb ich, wenn viel Arbeit vorlag, bei Tisch als Gast und da sah ich immer wieder, daß Herr Langer sich am Gespräch der beiden Damen fast gar nicht beteiligte, besser gesagt, sie ihn nicht in ihr Gespräch zogen. Die beiden Damen bildeten gewissermaßen einen Kreis für sich, außerhalb dessen Peripherie Herr Langer stand. Morgens, wenn ich kam, war Herr Langer oft sehr schlecht aufgelegt und manchmal machte er direkt den Eindruck eines vergrämten, verkümmerten Menschen. Gerade an solchen Tagen glaubte ich den Mienen der Frau Langer und der Miß Mac Lean eine gewisse gehobene Stimmung, eine seltsame Art von Fröhlichkeit anzumerken."

Eine Pause trat ein, es blieb totenstill im Raum, jeder dachte über die Äußerungen des jungen Mannes nach, die Journalisten kritzelten eilig in ihre Notizbücher. Ungeklärte Schicksalsfragen, Verhängnis, düstere Rätsel lagen in der Luft.

Der Kriminalkommissär fuhr dann in seinem Verhör fort, nachdem er im Flüsterton mit seinem Vorgesetzten gesprochen hatte.

„Nun kommen wir zu den aktuellen Ereignissen. Gestern morgens ist Herr Langer nach Prag gefahren. Wissen Sie, aus welchem Anlaß?"

„Herr Langer hatte erhebliche Zolldifferenzen mit dem tschechoslowakischen Staat, bei denen es sich um große Beträge handelte. Da der Prager Rechtsanwalt die Sache nicht energisch genug betrieb, meldete sich vor einigen Tagen Herr Langer beim Handelsminister Doktor Przibram zur Audienz, die ihm bewilligt wurde."

„Waren Sie gestern, trotzdem Herr Langer nicht hier weilt, in der Villa Mabel?"

„Jawohl, ich war wie gewöhnlich um elf Uhr hier und blieb sogar länger als sonst, da einiges aufzuarbeiten war."

„Ist Ihnen irgend etwas im Hause oder an dessen Insassen aufgefallen?"

„Nicht das geringste. Die Damen bekam ich überhaupt nicht zu Gesicht."

Mit erhobener Stimme stellte nun Dr. Bär folgende Frage:

„Herr Doktor, Sie sagten, daß Sie gestern wie gewöhnlich um elf Uhr gekommen seien. Warum eigentlich sind Sie heute erst nahezu um zwölf Uhr hier erschienen?"

„Ich habe länger als sonst geschlafen, fühlte etwas Kopfschmerzen und ging den weiten Weg hierher zu Fuß, um frischer zu werden."

„Sie haben heute länger als sonst geschlafen? Wahrscheinlich sind Sie spät zu Bett gegangen?"

Und während eine beklemmende Schwüle auf allen lag, erwiderte Dr. Holzinger ganz ruhig:

„Jawohl, ich bin gestern nachts erst nach zwei Uhr morgens nach Hause gekommen."

Totenstille, körperlich wahrnehmbare Erregung. Lauter und schärfer als vorher erklang die Stimme des Kriminalbeamten:

„Darf ich Sie um die Gründe dieses langen Ausbleibens in der Mordnacht fragen?"

Bei dem Wort „Mordnacht“ zuckte Holzinger zusammen, es schien ihm plötzlich zum Bewußtsein zu kommen, daß er in diesem Augenblick im Mittelpunkt des Interesses stand, daß seinen Worten eine verhängnisvolle Bedeutung beigelegt wird, und unsicher, zögernd erwiderte er:

„Ich war abends bei den Eltern meiner Braut, wir sprachen über die Zukunft, Elsbeths Mutter war voll Skepsis, wollte von unserer baldigen Verheiratung nichts wissen, und es kam zu unangenehmen, für mich und meine Braut quälenden Auseinandersetzungen, die mich sehr erregten. Ich ging vor der Torsperre, einige Minuten vor zehn Uhr, fort, begab mich in das Ecke Ring- und Babenbergerstraße gelegene ›Café Kaisergarten‹, las viele Zeitungen, sah dann längere Zeit einer Billardpartie zu und verließ nach Mitternacht, etwa gegen halb ein Uhr, das Lokal. Ich fühlte mich aber zu unruhig und erregt, um zu Bett zu gehen, und raste, um meinen Gedanken Luft zu geben, einmal über die ganze Ringstraße, ging dann vom Kai aus quer durch die Innere Stadt, trank im ›Grabencafé‹ noch einen Likör und kam jedenfalls nach zwei Uhr, es kann auch schon halb drei gewesen sein, nach Hause.“

Wieder trat eine kurze, nach Sekunden zählende Pause ein und Holzinger mochte wohl fühlen, daß er Feindseligkeiten, Widerständen, Unglauben, Mißtrauen gegenüberstand. Und um seine Lippen trat ein bitterer Zug, er richtete sich höher auf und begann seinerseits die Männer um sich her als Feinde zu betrachten.

Bär aber stellte nur noch eine Frage:

„Haben Sie die Schlüssel, die das Haustor und das Gartenportal aufsperren?“

Rasch, ärgerlich und trotzig erwiderte Holzinger:

„Nein, woher hätte ich sie haben sollen?“

Dr. Bär antwortete nicht, er sah sich nach seinen Vorgesetzten um und fragte: „Haben die Herren noch irgend eine Frage zu stellen?“ und als die Herren verneinten: „Herr Doktor Holzinger, wir erwarten Herrn Langer in etwa zwei Stunden hier und werden dann auch Sie vielleicht noch brauchen. Bitte, sich also in nächster Nähe zu unserer Verfügung zu halten und dem Beamten unten zu sagen, wo Sie jeden Augenblick zu finden sind."

Damit war Holzinger entlassen und als er in der Gersthoferstraße in einem Restaurant saß, um sein bescheidenes Mittagmahl einzunehmen, wußte er ganz genau, daß der Herr, der am Nebentisch Platz nahm, ein Detektiv sei. Er wußte aber nicht, daß zwei andere Detektivs sich inzwischen per Auto nach seiner Wohnung in der Florianigasse begeben hatten, um dort das vorzunehmen, was im polizeitechnischen Sinne eine Hausdurchsuchung genannt wird.

## Fünftes Kapitel

Die Herren von der Polizei begaben sich ebenfalls zu Tisch, nur Dr. Bär blieb noch eine geschlagene Stunde in der „Villa Mabel", während Fels und die anderen Journalisten in ihre Redaktionsbureaus stürmten, um die ersten Sensationsartikel über den „Mord im Cottage" in Druck zu geben.

Schon um halb zwei waren die Herren von der Polizei, mit Ausnahme des Polizeipräsidenten, der sich von jetzt ab nur mehr in seinem Bureau Bericht erstatten ließ, in der „Villa Mabel" versammelt, aber Dr. Bär erklärte die weitere Voruntersuchung für geheim, so daß die Journalisten nicht mehr anwesend sein durften. Die offizielle Polizeikorrespondenz schickte den Redaktionen mehrmals täglich Berichte über alle weiteren Ergebnisse, selbstverständlich blieb es aber den einzelnen Reportern unbenommen, auf eigene Faust Recherchen anzustellen und sich bei der Polizei nähere Informationen zu holen.

Kurz vor zwei Uhr ließ der Kriminalkommissär abermals Dr. Holzinger in das Bibliothekzimmer bitten. Gleich hinter ihm traten ein junger Bursch und ein älterer Mann ein. Dr. Bär erklärte die Situation:

„Ich habe die beiden Kellner aus dem ›Grabencafé‹ holen lassen, die gestern nacht dort Dienst hatten." Und zu den beiden Kellnern gewandt:

„Bitte, diesen Herrn genau anzusehen und auszusagen, ob Sie sich entsinnen können, ihn gestern nacht zwischen ein und halb zwei Uhr bedient zu haben.“

Die Kellner musterten Holzinger lange und genau, dann erklärten beide achselzuckend, ihn nicht wieder zu erkennen. Allerdings fügte der Zahlkellner hinzu, daß der Besuch im Café sehr lebhaft gewesen sei und er die Gäste, falls nicht ein besonderer Grund hiezu vorliege, nicht näher anzuschauen pflege. Damit waren die Kellner entlassen und Bär wandte sich nun direkt an Holzinger, dem es immer schärfer zum Bewußtsein kam, halb und halb schon die Rolle eines Angeklagten zu spielen:

„Ihre Angabe, daß Sie gegen zwei Uhr nach Hause gekommen seien, läßt sich von mir nicht überprüfen, da Sie ja einen eigenen Hausschlüssel haben. Ihre Frau Mutter aber kann nur aussagen, daß Sie spät gekommen sind, ohne zu wissen, wie spät es war. Sie haben vormittags auf meine Frage mit aller Entschiedenheit erklärt, die Eingangsschlüssel zur ›Villa Mabel‹ nicht zu besitzen. Eine eben bei Ihnen vorgenommene Hausdurchsuchung widerlegt diese Behauptung. Der Beamte hat in der obersten Schublade Ihres Wäscheschrankes diese beiden durch einen Ring zusammengehaltenen Schlüssel gefunden, die nichts anderes sind, als die Schlüssel zum Gartenportal und zum Haustor der ›Villa Mabel‹.“

Dr. Holzinger fühlte den Boden unter sich schwanken und Leichenblässe zog über sein verstörtes Gesicht. Er atmete tief auf, stierte wie geistesabwesend vor sich hin, fuhr sich mit der Rechten über die feuchte Stirne und erwiderte dann tonlos:

„Jetzt, wo es zu spät ist, erinnere ich mich natürlich. Vor anderthalb Jahren, als an den Börsen enorme, den ganzen Anlagemarkt erschütternde Kursschwankungen auftraten, hatte ich mehrmals hintereinander hier im Hause bis in die frühen Morgenstunden gearbeitet, depeschiert und telephoniert. Herr Langer, der die Dienerschaft nicht so lange wachen ließ, hatte mich, wenn ich endlich gehen konnte, bis auf die Straße begleitet, als es aber einmal heftig regnete, gab er mir die Schlüssel mit der Bemerkung, ich möchte sie für künftige Fälle behalten. Nach einigen Tagen, als meine Arbeitszeit wieder normal war, legte ich den Schlüsselbund in den Wäscheschrank, wo ich ihn vollständig vergessen habe."

Ernst und fast feierlich sagte nun der Kriminalbeamte:

„Herr Doktor Holzinger, Ihre Erklärung ist plausibel, aber nicht überzeugend. Sie werden als juristisch gebildeter Mensch selbst zugeben müssen, daß viele, sehr viele Momente gegen Sie sprechen und mir nichts anderes übrig bleibt, als Ihre Verhaftung vorzunehmen. Erleichtern Sie sich, wenn Sie die Tat begangen haben oder mit ihr in Verbindung stehen, durch ein Geständnis."

Holzinger hatte sich wieder gefaßt. Hoch und fast stolz aufgerichtet gab er die Antwort:

„Ich schwöre bei dem Leben meiner alten Mutter und meiner armen Braut, daß ich unschuldig bin."

Bär schaute ihm bei diesen Worten tief in die Augen, wechselte dann einen Blick des Einverständnisses mit dem Chef der Sicherheitspolizei und sagte mit milder, gütiger Stimme:

„Ich wünsche von ganzem Herzen, daß Ihre Unschuld bald voll und ganz erwiesen ist, und bitte Sie, überzeugt davon zu sein, daß ich jede, auch die geringste Spur, die zu Ihren Gunsten sprechen kann, aufgreifen werde, um Ihnen die Freiheit wieder zu geben. Vorläufig müssen Sie sich in das Unvermeidliche fügen."

Ein Wink und ein bereit gestandener Beamter ging mit Holzinger ab, um ihn der Haft zuzuführen. Kaum eine Minute später aber sauste ein mächtiges Tourenautomobil durch die Kastanienallee und hielt vor der „Villa Mabel". Über und über mit Kot bespritzt, blaß und ermüdet, entstieg ihm Herr August Langer, der Multimillionär, dessen Gattin und Schwägerin vor kaum zwölf Stunden durch Mörderhand vom Leben zum Tode befördert worden waren.

## Sechstes Kapitel

Trotzdem es Mitternacht war, herrschte im „Café Central“ lebhaftes, lustiges Leben, alle Tische waren besetzt und im sogenannten „Arkadenhof“ saß wieder die ganze Wiener Bohème beisammen, die eigentlich keine ist, weil sie sich zum größten Teile aus saturierten, dem Kampf und Drang entwachsenen Künstlern, Schriftstellern und ästhetisierenden Lebejünglingen zusammensetzt. An einem Tisch saß in großer Gesellschaft, mit einem schönen, schlanken, brünetten Mädchen zur Seite, Oskar Fels, der heute mehr noch als sonst im Mittelpunkt des Interesses stand, weil das Gespräch von dem sensationellen Mord im Cottage ganz beherrscht wurde. Fels, der abgespannt und erregt erschien, hatte aber keine Lust, viel zu erzählen. Seine Freundin Alma Mia, in Wirklichkeit Mizzi Schoberlechner, eine vielumworbene und zukunftsvolle Schauspielerin des Volksspielhauses, ließ nicht locker und wollte mit aller Gewalt wissen, ob der „arme Holzinger“ wirklich der Mörder sei. Da auch der Direktor des Volksspielhauses, Herr Büxel, und seine sehr kleine, sehr schicke und lebenslustige Frau durchaus Näheres erfahren wollten, erklärte Fels schließlich lachend:

„Ich halte den Holzinger für so unschuldig wie ihr es seid, und bin fest überzeugt davon, daß mein Freund Bär eine kapitale Dummheit gemacht hat, die dem Staate viel Geld kosten wird, weil ja nach unseren neuen Gesetzen der Staat einem unschuldig eines schweren Verbrechens bezichtigten Menschen für jeden Tag der Haft fünfzig Kronen zu bezahlen hat. Jetzt gebt mir aber Ruhe und haltet euch an Bär selbst, der gerade kommt.“ Richtig kam Dr. Bär frisch und elastisch, als hätte er einen Tag voll Ruhe hinter sich, an den Tisch. Natürlich wurde er mit Fragen nur so bombardiert. Die kleine Frau Direktor versicherte ihm, daß sie kein Wort mehr mit ihm sprechen würde, wenn er einen Unschuldigen hatte verhaften lassen, und Alma Mia schwur, während sie ihre Zigarette feierlich erhob, daß sie den armen Holzinger unbedingt durch ihre Gunst, wenn auch nur für eine Nacht, entschädigen wollte. Alles lachte, der Kriminalkommissär erklärte trocken, daß er unter solchen Umständen Holzinger, ob schuldig oder unschuldig, im Kerker verschmachten lassen werde, dann aber zupfte er Fels am Ohr und bat ihn, sich auf ein Viertelstündchen mit ihm zurückzuziehen. Alles Protestieren der Herren und Damen blieb fruchtlos, die beiden setzten sich an einen kleinen Tisch, an dem sie ungestört waren, und aus der angekündigten Viertelstunde wurde eine ganze, bevor sich Fels wieder seiner höchst erbosten und schmollenden Alma widmen konnte. Dr. Bär und Oskar Fels waren seit vielen Jahren miteinander bekannt und durch drei gemeinsame Kriegs- und Kampfjahre zu guten, aufrichtigen Freunden geworden. Beide waren, als der Weltkrieg ausgebrochen war, als Reserveleutnants zum selben Regiment eingerückt, beide standen in derselben Kompagnie, hatten dieselben Rückzüge und Siege, dieselben Gefahren und Entbehrungen mitgemacht, beide dieselben hohen Tapferkeitsauszeichnungen erhalten, bis beide fast am selben Tage ins Hinterland zurückberufen wurden, der eine auf Reklamation der Polizeidirektion, der andere auf Eingabe der „Weltpresse". Und ganz abgesehen von diesen großen Erlebnissen, hatte einmal Fels seinen Freund, der bereits in Gefangenschaft geraten und von italienischen Soldaten fortgeschleppt war, unter eminentester Lebensgefahr herausgehauen und befreit. Sonst allerdings war nicht viel Gemeinsames zwischen den beiden Männern. Bär ging in seinem Beruf ganz auf, lebte in geordneten, soliden Verhältnissen und ließ sich niemals oder nur sehr selten zu unüberlegten Handlungen hinreißen, während Fels zwar seinen Beruf an sich auch liebte, ihn aber doch nur als nervenaufpeitschendes Narkotikum betrachtete, über und über verschuldet war und einen unbezähmbaren Hang zum Wohlleben, Luxus, zu einem sybaritischen Dasein hatte. Offen und ungeniert, wie es seine Art war, pflegte er zu betonen: „Reichtum, Nichtstun, oder besser gesagt, nichts tun müssen, das Leben nach bestem Können ausschlürfen – darin besteht für mich das höchste Glück! Den Frauen gegenüber war Fels immer Sieger. Nicht nur, daß auch sonst spröde und unnahbare Frauen sich von seiner berauschenden Lebensbejahung und Unbedenklichkeit hinreißen ließen, verstand es Fels auch, sie nicht Oberhand über sich gewinnen zu lassen, sondern immer der zu sein, der sich als der erste zurückzieht.

## Siebentes Kapitel

Nachdem Bär sich seine Zigarette angezündet hatte, fragte er:

„Nun sag' mir einmal, lieber Freund, was du von der ganzen Sache hältst. Du weißt, ich gebe viel auf dein Urteil."

Statt eine Antwort zu geben, zog Fels einen noch feuchten Bürstenabzug aus der Tasche und sagte leichthin:

„Da, das ist mein Artikel, der morgen in der ›Weltpresse‹ erscheinen wird. Lies ihn, dann kennst du meine Meinung."

Mit gespanntester Aufmerksamkeit las der Polizeibeamte den umfangreichen Zeitungsbericht durch, der in wenigen Stunden von ganz Wien verschlungen werden würde.

In journalistisch meisterhafter Weise hatte Fels ein Bild von der Tat, dem Schauplatz der Tat, den agierenden Personen, soweit er sie hatte beobachten können, entworfen, in knapper, aber glänzender Weise das ganze Milieu charakterisiert und zum Schluß unter der Überschrift: „Ist Doktor Holzinger der Mörder?" seine persönliche Meinung ausgesprochen, indem er für die Unschuld des Verhafteten in scharf logischer Weise eintrat. Er schrieb:

„Gegen Holzinger sprechen gewichtige Momente. Er hat kein Alibi für die kritische Zeit, er war im Besitz der von ihm verleugneten Hausschlüssel, er ist der einzige in Betracht kommende Mann, der das Haus, die einzelnen Zimmer und die Lebensgewohnheiten der Bewohner kannte. Und vor allem: er ist arm, er will heiraten, hat aber nicht das Geld dazu, und die geraubten Juwelen sollen einen riesigen Wert besitzen.

Ich erwidere aber darauf: Ich und mit mir noch etliche zehntausend Junggesellen Wiens haben für die gestrige Nacht kein Alibi. Ich und noch hunderttausend Menschen sind im Besitz irgendwelcher Schlüssel, die sie ableugnen würden, weil sie sich ihrer eben nicht erinnern. Ich und Tausende haben nicht so viel Geld, als sie dringend benötigen. Bleibt also noch die Tatsache, daß Holzinger die Örtlichkeit genau gekannt haben dürfte. Die allerdings kenne ich nicht, aber es kennen sie einige Dutzend

Handwerker ganz genau, denn nach Beendigung des Krieges wurde die ›Villa Mabel‹ gründlich renoviert und wochenlang wimmelte es darin von Anstreichern, Tapezierern, Installateuren und Elektrikern. Irgendeine dieser Personen kann einen der sicher zahlreich vorhandenen Schlüsselbunde an sich genommen haben. Daß Herr Langer mit seinem Diener verreisen würde und Gärtner wie Chauffeur außerhalb Wiens weilen, hat schon vorgestern das gesamte Gesinde gewußt und sicher hat der Diener im Wirtshaus oder sonstwo von der bevorstehenden Reise erzählt. Auf diese Weise kann es die Person, die sich seinerzeit die Schlüssel gesichert hatte, erfahren und den Moment für gegeben erachtet haben, jetzt die furchtbare Tat zu begehen.

Vor allem aber, und dies erscheint mir das Wichtigste: Dr. Holzinger ist ein durchaus nüchterner, vernünftiger und gebildeter Mensch, der, wenn er schon ein Verbrechen begehen, sich nicht wie ein Trottel dabei benehmen würde. Warum hat er also die Schlüssel, die ihn zum Verderben werden mußten, nicht verborgen, sondern so in eine Schublade gelegt, daß sie jedermann sofort finden mußte? Und wozu sollte dieser kluge, ruhige Mensch überhaupt den Mord begangen haben? Der Polizeibericht erzählt uns, daß sich in dem Täschchen der Frau Langer etwa zweitausend Kronen befunden haben dürften. Das ist mehr, als bei einer Dame vorauszusetzen war, aber so wenig, daß dem Manne damit in keiner Weise gedient sein konnte. Bleiben also die Juwelen und Perlen, die nach dem Polizeibericht einen Wert von etwa einer Million haben. Nun, ein dummer und ungebildeter Mensch sogar mußte sich sagen, daß durch viele Jahre hindurch diese Juwelen unverkäuflich sein würden und jeder Versuch, sie ganz oder teilweise zu veräußern, eine Gefahr bedeuten müsse.

Nein, Holzinger ist weder verdächtig noch arg belastet, und es erscheint mir ganz und gar ungerechtfertigt, auf so unsichere Momente hin einen anständigen, unbescholtenen Menschen als Galgenkandidaten ins Gefängnis zu schleppen.“

Bär hatte den Artikel beendet, pfiff leise vor sich hin und meinte dann:

„Für mich ist der Aufsatz ja reichlich unbequem. Der Präsident wird nervös werden und Lechner mir mit salbungsvoller Stimme wohlgemeinte Ratschläge geben, in Wirklichkeit aber sich, in der Hoffnung, daß ich mich blamiert habe, rasend freuen. Übrigens hast du sowohl vom Standpunkt des Journalisten als auch von dem des Publikums recht, mir aber als Kriminalisten blieb nichts anderes übrig, als zur Verhaftung zu schreiten. Deine Ausführungen, lieber Fels, haben den großen Fehler, daß sie von der Voraussetzung ausgehen, ein Verbrecher müsse immer logisch, überlegt und vorsichtig handeln. Die Praxis lehrt aber, daß dies durchaus nicht der Fall ist, sondern gerade bei den schwersten Verbrechen unglaubliche Denkfehler begangen werden. Die Verdachtsmomente gegen Holzinger sind sehr schwer, wenn ich auch selbst von seiner Schuld durchaus nicht überzeugt bin. Ich weiß, welchen Einwand du jetzt erheben willst: ich hätte Holzinger, statt ihn zu verhaften, lieber unter schärfste Beobachtung stellen sollen und wäre sogar noch besser zum Ziel gekommen. Aber abgesehen davon, daß eine solche scharfe Beobachtung für den Betreffenden noch viel quälender ist, als eine Untersuchungshaft in einer anständigen, geräumigen Zelle bei Selbstbeköstigung und dem Recht, sich beliebig zu beschäftigen, sprechen auch die schwersten technischen Momente gegen die Nichtinhaftnahme. Verständigung durch Blicke, durch Worte in öffentlichen Lokalen, sogar durch Telephongespräche lassen sich auch bei sorgsamster Vigilanz nicht verhüten."

Fels wehrte ab und sagte:

„Wir werden einander nicht überzeugen, also lassen wir das Thema und erzähle mir lieber, natürlich privat, nicht zur Veröffentlichung, was du heute alles erhoben hast. Vor allem: Wie verlief das Verhör mit Herrn Langer? Wer, was und wie ist dieser Millionär überhaupt? Ich sollte den Langer interviewen, habe es aber für taktlos und nebenbei überflüssig gehalten."

Bär lächelte.

„Dieser Herr Langer ist für mich eine wenig erquickliche Persönlichkeit. Er befindet sich in unserem Alter, sieht aber bedeutend jünger aus, was wohl seine Schlankheit und die Zartheit seines ganzen Knochenbaues verursacht. Unbedingt ein auffallend hübscher Mensch mit eigentümlich verschleierten, traurigen Augen, aber in seinem ganzen Wesen feminin, weich, quallenhaft. Weißt du, ein Mann, den starke, maskuline Frauen gewöhnlich lieben, mädchenhafte Weiber abscheulich finden.

Das Verhör mit Langer ergab keine Überraschungen. Er war sehr gefaßt, hält ebenfalls seinen Privatsekretär für absolut unschuldig, ist auch bereit, für die Unschuld der beiden Mädchen einzustehen und hat uns ein ziemlich ungenaues Verzeichnis der geraubten Schmucksachen gegeben. Er hatte keine Ahnung, wieviel und was für Ringe seine Frau besessen, genau kennt er nur ein vierfaches Perlenhalsband mit Diamantschließe, das er seiner Frau noch vor dem Kriege für eine halbe Million Franken in Paris gekauft hat, und eine Platinnadel mit einem wundervollen Smaragd von sechs Karat Gewicht, eine Seltenheit, deren Wert auch heute, nach dem großen Juwelenkrach, unter Brüdern eine Million Franken, von Kronen gar nicht zu reden, wert ist. Nach seiner Meinung dürfte der Verbrecher es gerade auf diese beiden Stücke abgesehen haben, die er irgendwo in Amerika oder Australien losschlagen wolle."

„Eine Meinung, die gar nicht dumm ist," wandte Fels ein.

„Nachdem ich mit Herrn Langer, der durchaus eine Belohnung von hunderttausend Kronen für die Ergreifung des oder der Täter aussetzen will, fertig war, begann für mich die eigentliche und interessantere Arbeit. Vielleicht ist es nur rein persönliche Neugierde bei mir, aber ich wollte durchaus Näheres über das wahre Verhältnis dieses weiblichen, hübschen Mannes zu den beiden so überaus häßlichen Frauen erfahren. Nun, das ist mir gelungen. Zunächst fand ich, als ich das Boudoir der ermordeten Frau und dann das ihrer Schwester genau durchsuchte, bei beiden in den Bücherschränken wohlverwahrt eine ganze Anzahl von masochistisch-sadistischen Büchern und ebensolche photographische Abbildungen, die an Deutlichkeit nichts zu wünschen übrig lassen. Die Bücher waren mir als verbotene Druck-Erzeugnisse zum größten Teil bekannt, es sind durchwegs in Romanform gekleidete Schilderungen von dem psychopathisch sattsam behandelten Verhältnis starker Frauen zu schwachen, unterwürfigen Männern. Ich brauche dir wohl über diese Irrwege im Liebesleben des Menschen nichts weiter mitzuteilen."

Fels nickte verständnisvoll.

„Und nun nahm ich mir den Kammerdiener Josef, der aus Prag mitgekommen ist, und die beiden Mädchen vor, und dann hatte ich eine längere Unterredung mit einer Dame, die in einer Villa anstoßend an die ›Villa Mabel‹ wohnt und mittels Opernglases allerlei indiskrete Schlafzimmerbeobachtungen gemacht hat. Das Resultat dessen, was ich auf diese Weise erfuhr, gibt mir folgendes Bild: Herr Langer ist ein idealer Pantoffelheld, stand vollständig unter dem Bann von Frau und Schwägerin und wurde von diesen beiden Weibern seelisch und körperlich mißhandelt, ja, auch körperlich, so seltsam es klingt! Das Schönste aber ist, daß der arme Kerl buchstäblich nur durch den Tod von den angenehmen Damen befreit werden konnte. Es bestehen nämlich ungeheuer komplizierte Vermögensverhältnisse zwischen den Eheleuten. Aus den Verträgen und Akten, die ich studiert habe – die Kopien lagen im Schreibtisch der Frau Langer – sowie aus den Mitteilungen, die mir Doktor Holzinger eben vor einer Stunde machte, erfuhr ich, daß Herr Langer keinerlei selbständige Vermögensverfügung hat. Für jede Ausstellung eines Schecks von mehr als zehntausend Kronen, für jede Vermögenstransaktion, jeden Umtausch von Werten benötigte er die Unterschrift seiner Frau, während diese seine Unterschrift durchaus nicht brauchte, sondern nach Belieben das ganze Vermögen hätte verschenken können. Es kommt aber noch besser: Laut Testament, dessen Kopie ich ebenfalls gelesen habe, wäre nach dem Tode der Frau Langer Herr August Langer in dasselbe Abhängigkeitsverhältnis zu Miß Mac Lean geraten! Dann wäre dieser abscheuliche Krüppel die absolute Herrin über das Vermögen geworden. Nur für den Fall, daß beide starben, gleichgültig, ob gleichzeitig oder zuerst Frau Langer und dann deren Schwester, konnte Herr Langer in den ungeschmälerten und unkontrollierten Besitz aller

Vermögenswerte treten. Dies ist jetzt geschehen und eigentlich müßte man dem glücklichen Leidtragenden von ganzem Herzen gratulieren."

Vom Stammtisch der beiden Herren her wurden stürmische Unwillenskundgebungen über die lange Abwesenheit des Journalisten und des Polizeibeamten laut, die kleine Frau Direktor erklärte ein solches Benehmen für unerhört, während Alma Mia schon beinahe weinte. Fels und Bär beschlossen daher, ihre private Unterhaltung zu beendigen, nicht aber bevor Fels eine naheliegende Frage erörtert hatte:

„Lieber Bär," sagte er, „das alles, was du da erfahren hast, ist sehr wundersam und muß doch dein kriminalistisches Gehirn intensiv beschäftigen!"

„Sprich nur ganz ruhig deutsch," erwiderte Dr. Bär. „Natürlich könnte die Tatsache, daß Herr Langer den Tod der beiden Frauen als Erlösung empfunden haben muß, eine neue Fährte bilden. Aber nach meiner festen Überzeugung eine falsche Fährte. Denn wohl würden wir beide normal empfindende Menschen den Tod solcher Frauen als Glücksfall empfinden; ist dies aber auch bei August Langer der Fall? Ich glaube nicht! Dieser Mann braucht wahrscheinlich, um leben zu können, die Unterjochung unter weiblichen Willen, und was uns Qual bedeuten würde, ist ihm Wollust. Ganz abgesehen davon, wäre dieser Schwächling nie und nimmer imstande, die Initiative zu einem solchen Verbrechen zu ergreifen, die Mörder zu dingen, einen großzügigen Plan zu entwerfen. Dieser Mann stirbt lieber selbst, bevor er einen heroischen Entschluß faßt. Nicht einmal einen Selbstmord würde ich dem Schwächling zutrauen, geschweige einen Mord."

Während Oskar Fels nickte, wie ein Mensch, der mit dem, was ihm gesagt wurde, vollständig einverstanden ist, begaben sich die beiden Freunde nun zu ihrem Tisch, an dem sie durch „Schmeißen" einiger Runden Kognak Buße leisten mußten.

## Achtes Kapitel

Oskar Fels saß am nächsten Vormittag reichlich unausgeschlafen in der Redaktion an seinem Schreibtisch, um noch für das Abendblatt einen weiteren großen Artikel über den Mord im Cottage zu schreiben. Der Herausgeber hatte kategorisch erklärt, daß er mindestens zwei Spalten im Abendblatt und vier im Morgenblatt haben wolle, und Fels konnte ihm dabei nicht ganz unrecht geben. Tatsächlich interessierte sich „ganz Wien" nur mehr für den Mord und die Frage, ob die Polizei in der Person Holzingers einen Unschuldigen oder den Mörder festgenommen hatte. Der Artikel im Morgenblatt der „Weltpresse" ließ die ganze öffentliche Meinung auf die Seite des Verhafteten treten und schon hagelte es von Zuschriften, Anregungen und Meinungsäußerungen. Auch mit der Person der ermordeten Frauen und des Herrn August Langer beschäftigten sich die Wiener intensiv und es schien Fels, daß die eigenartigen Familienverhältnisse in der „Villa Mabel" schon Gegenstand der öffentlichen Diskussion waren. Eben hatte der Herausgeber dem Journalisten einen Brief überwiesen, den er von einem ebenfalls in der Cottage wohnenden Bankdirektor bekommen hatte. Der Brief trug den Vermerk „Höchst vertraulich" und enthielt eine Schilderung eines Soupers, das der Bankdirektor mit seiner Frau in der „Villa Mabel" mitgemacht hatte. Es hieß in dem Schreiben:

„Ich kannte Herrn Langer schon seit Jahren durch rege geschäftliche Verbindungen und hielt ihn immer für einen sehr klugen, gebildeten Menschen, der sich über die Fragen des Tages vorzüglich orientiert zeigte und seiner Meinung oft in lebhafter, gewöhnlich sehr flüssiger Weise Ausdruck gab. Einmal, beim Derby, trafen wir ihn in Gesellschaft der beiden jetzt ermordeten Damen, und meiner Frau fiel es angenehm, mir eher unangenehm auf, wie beflissen höflich und zuvorkommend, nach meiner Meinung etwas lakaienhaft sich Herr Langer gegenüber Frau und Schwägerin benahm. Um nur ein Beispiel anzuführen: Ich hatte durch einen Trainer den Rat erhalten, im Derby auf ›Mayflower‹ zu setzen und teilte dies Langer mit. Bevor wir uns später zum Buchmacher begaben, entnahm Langer seiner Brieftasche fünf Hundertkronenscheine, worauf ihn seine Frau fragte, auf welches Pferd er setzen wolle. Auf ›Mayflower‹, war seine Antwort, und er erklärte die Gründe hiezu. In scharfer, geradezu peinlicher Weise erklärte aber seine Frau: ›Nein, du wirst auf ›Wotan‹ setzen!‹ Als Langer nun mit einem scheuen, verlegenen Blick auf mich einen leisen Einwand erhob, schlug seine Schwägerin mit der Hand heftig auf die Logenbrüstung auf und zischte hervor: ›Wir haben gesagt auf ›Wotan‹, und damit basta!‹

Ich war über diese Art und Weise, einem Manne zu befehlen, verblüfft und auch meine Frau blickte mich betreten an. Groß war aber meine Freude, als ›Mayflower‹ gewann und ich das vierfache Geld einstrich, während Frau Langer ihrem Gatten boshaft sagte: ›Das kommt davon, wenn ein Mensch seinen Willen nicht durchsetzen kann.‹ Ich empfand das als eine gerechte Bestrafung allzu großer Nachgiebigkeit.

Einige Tage später lud uns Frau Langer zum Souper ein und wir nahmen an. Dabei ereignete sich etwas für mich schier Unfaßbares. Zunächst fiel mir unangenehm auf, wie schweigsam und verdrossen der Hausherr war, und meine Frau flüsterte mir schließlich, als wir uns von der Tafel erhoben hatten, zu: ›Du, mir scheint, dieser Herr Langer wagt wirklich nicht, in Gegenwart seiner Frau den Mund aufzumachen.‹ Ich aber hatte einigemal deutlich wahrgenommen, daß jedesmal, wenn Langer eine Äußerung tun wollte, er zunächst einen ängstlichen Blick zu seiner Frau gleiten ließ, die ihn daraufhin so herrisch, befehlend und boshaft in die Augen schaute, daß er schwieg. Miß Mac Lean tat zwar recht bescheiden und reserviert, aber mitunter kreuzten ihre Blicke die ihres Schwagers in seltsamer Weise, über deren Bedeutung ich mir heute noch nicht im klaren bin. Wir begaben uns dann in den Salon und es entwickelte sich ein Gespräch über die tollen Streiche der englischen Suffragettes, die sich immer mehr zur Landplage auswuchsen. Frau Langer wie Miß Mac Lean traten aber in leidenschaftlicher Weise für die Frauenrechtlerinnen ein und Frau Langer verstieg sich zu der wenig geschmackvollen Bemerkung: ›Wenn jede Frau mit der Peitsche in der Hand im eigenen Hause ihr Recht vertreten würde, dann wären wir längst Wählerinnen.‹ Es entstand auf dieses Wort hin eine verlegene Stille, die Herr Langer schließlich durch eine beschwichtigende, begütigende Bemerkung unterbrach. In diesem Augenblick umfaßte Frau Langer mit ihrer rechten Hand das linke Handgelenk des neben ihr stehenden Gatten und sagte mit unangenehm markanter Stimme und Betonung: ›Schau, schau, du bist also auch gegen die Gleichberechtigung des weiblichen Geschlechtes!‹ Herr Langer zuckte, wie von einem Schmerz betroffen, zusammen und verfärbte sich, schwieg aber. Einige Minuten später reichte er mir mit der linken Hand ein Streichholz, während er in der rechten eine Zigarrenkiste hielt, und da bemerkte ich zu meinem maßlosen Entsetzen, daß er am Handgelenk, genau dort, wo ihn seine Frau vorhin angefaßt, ein blutiges Mal hatte. Die zärtliche Gattin mußte ihm ihren wohlgepflegten Fingernagel in das Fleisch gedrückt haben. Mir verging die Lust zum weiteren Verweilen in der ›Villa Mabel‹ und unter einem schicklichen Vorwand entfernten wir uns bald.

Ich teile Ihnen diese meine Beobachtungen, die sich natürlich absolut nicht zur Publikation eignen, mit, nicht etwa, um Sie zu etwaigen Schlußfolgerungen zu veranlassen, sondern nur, um Sie vor allzulauten Mitleidskundgebungen für den ›armen‹ Witwer zurückzuhalten. Man darf ihn mit Fug und Recht wohl eher einen lustigen Witwer nennen.“

Lachend legte Fels den Brief beiseite, um nun rasch seine Schreibmaschine aus der Versenkung des Tisches emportauchen zu lassen und mit rasendem Geklapper Seite auf Seite zu füllen.

## Neuntes Kapitel

Eben war Fels fertig geworden, als ihm der Diener zwei Damen meldete, die unbedingt den Verfasser des Artikels über den „Mord im Cottage“, der im Morgenblatt erschienen war, sprechen wollten. Fels ließ sie in ein abseits gelegenes Zimmer führen und stand gleich darauf einer alten, grauhaarigen Dame, und einem hübschen hellblonden Mädchen gegenüber. Beide sahen verweint und unglücklich aus und Fels konnte unschwer erraten, wer die Besucherinnen waren. Niemand anders als Frau

Therese Holzinger, die Mutter des verhafteten Privatsekretärs, und Elsbeth Volkmar, seine Braut. Frau Holzinger konnte nicht sprechen, weil die hervorquellenden Tränen ihre Stimme erstickten, das junge Mädchen aber faßte sich halbwegs und dankte mit herzlichen Worten für das warme Eintreten des Journalisten zugunsten des Bräutigams.

„Ich habe nichts getan, was dankenswert wäre," sagte Fels, der voll Mitleid mit den zwei Frauen war, „da ich ja Herrn Doktor Holzinger tatsächlich für absolut unschuldig halte. Allerdings, seine Situation ist nicht gerade günstig, und Sie müssen darauf gefaßt sein, daß einige Zeit vergeht, bevor man ihn aus der Haft entlassen wird."

Nun fing auch Elsbeth Volkmar zu weinen an. „Herr Doktor," sagte sie schluchzend, „das ist ja zum Verzweifeln! Wie soll mein armer Bräutigam, wie sollen wir diese Schmach und Schande überleben? Er wird sich sicher etwas antun."

„Nein, das wird er sicher nicht, und täte er es, so wäre es nur ein Beweis dafür, daß er schuldig ist. Niemals habe ich in meiner Praxis erlebt, daß ein unschuldig Verdächtiger Selbstmord begeht. Schon die Erbitterung, der Wunsch, seine Unschuld zu beweisen, hält ihn vor einem solchen Schritt zurück."

So gelang es Fels langsam, die Frauen zu beruhigen, und er lenkte nun das Gespräch auf den Mord selbst und die Verantwortung des Beschuldigten.

„Doktor Holzinger gibt an, zwischen ein Uhr und halb zwei im ›Grabencafé‹ gewesen und von da aus nach Hause gegangen zu sein. Leider können die Kellner seine Behauptung nicht bestätigen, was natürlich durchaus nicht gegen ihn spricht. Holzinger hat seinen eigenen Hausschlüssel, also kann der Hausbesorger nichts über die Zeit seines Nachhausekommens aussagen. Es wäre von der größten, entscheidenden Wichtigkeit, irgend einen Menschen aufzutreiben, der Holzinger um die von ihm angegebene Zeit im Café oder auf dem Wege nach Hause gesehen hat. Doktor Bär, der die Voruntersuchung führt, ist der anständigste, ehrlichste und gewissenhafteste Polizeibeamte, den man sich nur denken kann. Trotzdem – in einem solchen Fall versagt er, wie jeder andere. Er denkt natürlich gar nicht daran, den Polizeiapparat aufzubieten, um dem Beschuldigten ein Alibi zu ermöglichen. Nun, dann müssen wir eben arbeiten und alle Kunststücke versuchen."

Elsbeth errötete leicht:

„Sie sagen ›wir‹, Herr Redakteur, also darf ich wirklich einen Bundesgenossen in Ihnen sehen?"

„Jawohl, ganz und gar und ohne Einschränkung, mein Fräulein! Was in meinen durchaus nicht schwachen Kräften steht, soll geschehen, um Ihrem Bräutigam aus dieser abscheulichen Klemme zu helfen!"

Es wurde nun folgender Plan entworfen, der im Kopfe des Journalisten entstand, aber von dem Mädchen ausgeführt werden mußte. Elsbeth besaß natürlich ein Lichtbild ihres Bräutigams. Mit dieser überaus gelungenen Photographie begab sie sich in die Redaktionen sämtlicher Wiener illustrierten Zeitungen und Wochenschriften, um die Aufnahme eines Aufrufes zu erbitten. Neben dem Bild des Dr. Holzinger stand die Aufforderung an alle etwaigen Personen, die Holzinger in der Mordnacht auf der Straße oder im „Grabencafé" gesehen hätten, sich bei seiner Mutter zu melden.

Überraschend schnell stellte sich ein Erfolg dieses Aufrufes ein. Nach wenigen Tagen schon erschien bei Frau Holzinger ein Kaufmann aus Graz, der sich in der Nacht, da der Mord verübt worden war, im „Grabencafé" befunden hatte. Frau Holzinger und Elsbeth Volkmar führten ihn sofort in die Redaktion der „Weltpresse", wo Fels folgendes Protokoll mit ihm aufnahm:

„Ich weilte in der Vorwoche vom 2. bis 6. Februar in Wien. Am 5. Februar begab ich mich nach Besuch der Vorstellung im ›Komödienhaus‹ ins ›Grabencafé‹, wo ich zuerst speiste, dann Zeitungen las und schließlich einige Briefe schrieb. Punkt halb zwei beglich ich meine Zeche, blieb aber noch einige Zeit, da mir eben der Kellner die von mir verlangte ›Jugend‹ brachte. Als ich das Lokal verließ, sah ich abermals auf meine durchaus verläßliche Taschenuhr und stellte fest, daß es genau dreiviertel zwei Uhr war. Ich wollte mir noch für den Weg eine Zigarette anzünden, hatte aber kein Streichholz bei mir, und so bat ich denn einen Herrn, der unweit des Ausganges saß und eine Zigarre rauchte, um Feuer. Als ich gedankt hatte und ging, rief dieser Herr, dem ich voll und ganz ins Gesicht gesehen hatte, nach dem Zahlkellner.

Als ich gestern in Graz das ›Interessante Blatt‹ las und die Photographie des Dr. Holzinger abgebildet sah, gewann ich sofort die Überzeugung, daß dieser mit dem von mir um Feuer gebetenen Herrn identisch ist. Mich erregte die Sache außerordentlich, ich zögerte nicht und fuhr heute morgens nach Wien, um mich schleunigst zu Frau Holzinger zu begeben. Ich bitte nunmehr, mich unverzüglich mit Dr. Holzinger zu konfrontieren."

Es war Mittag, als diese Protokollaufnahme beendet war, und Fels rieb sich vergnügt die Hände. Ein journalistischer Erfolg sondergleichen blühte ihm. Unter der Überschrift „Dr. Holzinger vollständig entlastet" erschien der Bericht über den Besuch des Grazer Kaufmannes Alois Pichler noch im Abendblatt der „Weltpresse" und an die Wiedergabe des Protokolles knüpfte Fels natürlich mit scharfen, energischen Worten die Aufforderung an die Polizei, den schwer gekränkten Holzinger ohne Verzug in Freiheit zu setzen. Sodann aber schob Fels den Herrn Pichler, der sich enorm wichtig vorkam und sich schon auf seinen Stammtisch im „Elefanten" zu Graz freute, in ein Auto und raste mit ihm nach dem Polizeipräsidium, wo Dr. Bär noch anwesend war.

Dr. Bär, der sich durchaus nicht geärgert zeigte, sondern sogar seine Befriedigung darüber aussprach, daß in dieser Kriminalaffäre dank der Mitwirkung der allmächtigen Presse ein weiterer Fortschritt zu verzeichnen sei, verständigte den Chef der Sicherheitsabteilung Dr. Lechner und ließ sodann Holzinger, der sich noch immer nicht in Untersuchungshaft, sondern im Polizeigewahrsam befand, vorführen. Bär eröffnete die Konfrontation auf sehr geschickte Weise. Er stellte an Holzinger die Frage:

„Kennen Sie diesen Herrn hier?"

Holzinger, der wohl blaß und verbittert aussah, aber sein seelisches Gleichgewicht wieder gefunden zu haben schien, sah Herrn Pichler scharf an, fuhr sich dann mit der Hand über die Stirne, dachte ersichtlich angestrengt nach und sagte nach einer Pause:

„Mir kommt das Gesicht dieses Herrn bekannt vor, aber ich weiß nicht recht, wo ich es unterzubringen habe. Himmel, ja, jetzt fällt es mir ein, – vor wenigen Tagen bat mich dieser Herr irgendwo um Feuer, und zwar – wenn ich mich nicht sehr täusche – war es in einem Café."

Fels atmete erleichtert auf, Herr Pichler lachte vergnügt und Dr. Bär nickte ernst. „Damit begegnen sich die Aussagen des Herrn Pichler mit der Ihrigen und ich nehme nunmehr ohneweiters als erwiesen an, daß Sie, Herr Doktor Holzinger, die Wahrheit gesprochen haben, als Sie sagten, daß Sie sich noch kurz vor zwei Uhr nachts im ›Grabencafé‹ befunden hatten. Noch im Laufe des heutigen Nachmittages werde ich im Verein mit meinen Vorgesetzten die notwendigen Konsequenzen aus dieser Bekundung ziehen."

Ein warmer Dank noch für Herrn Pichler, der die Mühe nicht gescheut hatte, die Reise von Graz nach Wien im freiwilligen Dienste der Gerechtigkeit zu machen, und für Fels, der seine publizistische Pflicht in so überaus ernster Weise tue, und die beiden Herren waren entlassen, während Holzinger zunächst wieder in seine Zelle gebracht wurde.

## Zehntes Kapitel

Am selben Abend verkündigte die offizielle Polizeikorrespondenz den Entschluß des Polizeipräsidiums, Holzinger weiterhin in Haft zu belassen, da auch die Aussage des Grazer Herrn kein einwandfreies Alibi bilde. „Im Gegenteil," hieß es in dem Bericht, „die Polizei weiß jetzt genau, daß sich Holzinger um dreiviertel zwei Uhr nachts, also genau fünfunddreißig Minuten, bevor der Mord begangen wurde, von der Inneren Stadt aus irgendwohin begeben hat, denn er rief ›Zahlen!‹, als Herr Pichler das

Kaffeehaus verließ, und es ist anzunehmen, daß auch er innerhalb der nächsten fünf Minuten fortging. Auf dem Graben wimmelt es von Automobilen und Holzinger kann eines benützt haben, um in die nächste Nähe der Kastanienallee zu gelangen. Angenommen, er habe sich um ein Uhr fünfzig Minuten in ein Auto gesetzt, so ist er längstens um zwei Uhr fünf Minuten in nächster Nähe der ›Villa Mabel‹, um zwei Uhr zehn Minuten vor ihrem Tor gewesen. Ein mit der Örtlichkeit vertrauter Verbrecher, dem sich keinerlei Hindernisse entgegenstellten, brauchte aber nicht einmal die noch vorhandenen zehn Minuten, um seine Tat zu begehen. Es ist daher nicht einzusehen, warum Holzinger jetzt entlastet erscheinen sollte. Es wäre dies erst dann der Fall, wenn es bewiesen ist, daß Holzinger sich vom ›Grabencafé‹ direkt nach seiner Wohnung begeben habe."

Ein Kampf von äußerster Schärfe begann zwischen der „Weltpresse" und der Polizei, bei dem ganz Wien Auditorium war und der Zeitung Beifall klatschte. Fels schrieb täglich für das Abendblatt und das Morgenblatt polemische Artikel, in denen er mit dem äußersten Aufwand an Logik und Verstandesschärfe das Vorgehen der Polizei als unerhörten Mißgriff, die Haft Holzingers als schweren Rechtsbruch darstellte. Da die Polizei ein- für allemal das Alibi Holzingers nicht gelten lassen wollte, so begann Fels, um die Leser nicht zu ermüden und das Interesse des Publikums nicht abflauen zu lassen, sich mehr mit den Konsequenzen des zweifachen Mordes zu beschäftigen. „Wohin hat der Mörder seinen Raub getan?", schrieb Fels in einem großen Artikel. „Nehmen wir an, der unglückliche Holzinger wäre der Mörder. Wohin sind dann die kostbaren Perlen, wohin die Broschen und Ohrringe, wohin die zwanzig Ringe und wohin der beispiellos schöne und große Smaragd gekommen? Bei Holzinger wurden sie nicht gefunden, verkauft konnte er sie nicht haben, also wo sind die Juwelen? Will die Polizei vielleicht gar leichtgläubigen Menschen einreden, daß dieser stille, bescheidene Jurist mit einem ganzen Verbrecherapparat, mit Komplicen arbeitete, die den Raub in Sicherheit gebracht haben? Nein, die Polizei wagt selbst eine solche Annahme nicht, denn in dem Akt Holzinger, den jetzt der scharfsinnige und kluge Kriminalkommissär Dr. Heinrich Bär dem Landesgericht vorgelegt hat, wird betont, daß er das grauenhafte Verbrechen als das Resultat einer plötzlichen Eingebung, entstanden durch das Verzweifeln Holzingers an seiner Zukunft, betrachte. Eine plötzliche Eingebung, der Verzweiflungsakt eines unglücklichen Menschen schließt aber Komplicen, Spießgesellen, eine Vorbereitung von langer Hand aus. Ich frage also nochmals, wo hat der angebliche Mörder Holzinger die geraubten Juwelen hingetan? Erst wenn diese Frage beantwortet ist, hat die Polizei ein gutes Recht, den unbescholtenen, gebildeten Mann, nach dem eine alte Mutter und ein zartes, junges Mädchen weinen, als Mörder zu betrachten."

Ein anderer Artikel beschäftigte sich wieder mit dem Verbrechen an sich.

„Die Polizei muß wissen, daß das Verbrechen in der ›Villa Mabel‹ durchaus nicht die Tat eines Zufallsmörders sein kann, sondern nur die Tat eines raffinierten Verbrechers, der nach festen Plänen und bewährten kriminalistischen Prinzipien vorgegangen ist. Auf welche Weise hätte ein ›Amateur‹, wenn man dieses spielerische Wort in diesem Falle überhaupt anwenden darf, den Mord begangen? Er hätte sich in aller Eile einen Dolch, ein langes, scharf geschliffenes Messer besorgt und damit seine Opfer getötet, indem er ihnen die Gurgel abgeschnitten oder den Stich ins Herz versetzt hätte. Oder er würde sich einen schweren Hammer gekauft und die Schädeldecke der Frauen zertrümmert haben. Um sich dadurch unfehlbar zu verraten. Denn vergossenes Blut enthält eine getreue Photographie des Mörders. Nichts auf der Welt ist so beredt wie Blut, nichts schreit so laut wie Blut. Blut bespritzt den Täter und verrät ihn noch nach Monaten und Jahren, Blut hinterläßt Fingerabdrücke und vor dem fließenden und schwimmenden Blut verliert der kaltblütigste Mörder die ruhige Besinnung. Und je sorgsamer man die Blutspuren vertilgen will, um so vielfältiger und heimtückischer werden sie.

Das alles muß der Mörder aus der ›Villa Mabel‹ nur zu gut gewußt haben und er hat nicht gestochen und nicht geschlagen, sondern gewürgt. Gerade diese Art des Tötens, die keine Spuren hinterläßt, wird, wie die

Kriminalchronik beweist, nur von erprobten, erfahrenen Mördern in Anwendung gebracht. Der ›Amateur‹ würgt sein Opfer nicht, weil ihm vor der unmittelbaren Berührung graut und er sich nicht die physische und moralische Kraft zutraut, die, wie er meint, erforderlich ist, um einen Menschenhals zu umspannen und zu erdrücken.

An zwei Dingen ist nicht zu zweifeln:

1. An der Richtigkeit der polizeilichen Behauptung, daß, falls Holzinger der Mörder ist, er die Tat nur unüberlegt, einer plötzlichen Eingebung der Verzweiflung folgend, begangen hat.

2. Der Mord in der ›Villa Mabel‹ wurde von einem raffinierten, mit allen Finessen des Verbrechertums wohlvertrauten Übeltäter vorbereitet und begangen, und jeder zehnjährige Volksschüler wird sagen, daß Punkt 1 und Punkt 2 einander ausschließen."

## Elftes Kapitel

Merkwürdigerweise wurde das freundschaftliche Verhältnis des Journalisten zum Polizeibeamten durch diese scharfe und unausgesetzte Polemik nicht im mindesten berührt. Nach wie vor trafen sie sich nächtlich im „Café Central" an ihrem Stammtisch mit Künstlern, Schriftstellern, Historikern und Lebeleuten und zum Gaudium der Tischgesellschaft pflegte Bär sogar die Artikel der „Weltpresse" gewissermaßen zu begutachten, als würde es sich um ein Thema handeln, das ihn gar nicht berührte. Oftmals rief Bär dem Freunde schon von weitem zu: „Ich gratuliere dir zu deinen heutigen Ausführungen, sie sind wirklich logisch und geschickt aufgebaut," während er ihm in anderen Fällen Mängel und kleine Denkfehler vorhielt. Nur in der ganz letzten Zeit – der Februar war vergangen und der März näherte sich seiner Mitte, begann der Kriminalbeamte einigermaßen nervös zu werden, und als er einmal lachend zu Alma Mia sagte: „Schönste aller Frauen, ich werde demnächst an Ihren Einfluß auf unseren gemeinsamen Freund appellieren; wenn er fortfährt, mich so anzupacken, so kostet mich das meine Stellung," da klang aus den scherzhaft gesprochenen Worten eine gewisse Bitterkeit hervor.

Alma aber erwiderte, indem sie das klassisch unklassische Näschen rümpfte:

„Ach was, Oskar ist gerade der Mann, um sich von mir beeinflussen zu lassen! Überhaupt, er ist in der letzten Zeit herrischer und aufbrausender als je zuvor und manchmal möchte ich ihm am liebsten den Laufpaß geben. Aber ich hab' ihn doch zu lieb dazu, um mich freiwillig von ihm trennen zu können, und dann" – das schöne Mädchen lachte vergnügt auf – „gerade jetzt! Das wäre schön verkehrt!" Und als sie die fragende Miene Bärs merkte:

„Hat Ihnen denn Oskar gar nichts gesagt? Mir versicherte er, daß er begründete Aussicht habe, demnächst eine ganze Menge Geld zu verdienen."

Fels machte gerade der kleinen Frau Direktor Büxel eifrig den Hof und dank einiger amüsanter Frivolitäten war es ihm gelungen, die höchste Anerkennung der auch in solchen Dingen verwöhnten und anspruchsvollen Frau zu erringen. Er hatte aber doch auch einige Worte aus dem Gespräch seines Freundes mit Alma aufgeschnappt und rief hinüber:

„Alma schwatzt schon wieder. Ich werde dich sicher rechtzeitig von allem unterrichten."

Als die Freunde lange nach Mitternacht allein geblieben waren, begann Fels unaufgefordert von dem zu sprechen, was Alma angedeutet hatte.

„Ja, lieber alter Kriegskamerad, es ist sehr leicht möglich, fast möchte ich sagen wahrscheinlich, daß ich dich demnächst nicht mehr mit meinen Artikeln ärgern werde. Gehen die Sachen nur halbwegs glatt, so komme ich in die angenehme Lage, meine Stellung hinschmeißen und dem Oberschmock Grubenheld die längst verdienten Ohrfeigen in sein verknutschtes Clowngesicht applizieren zu können."

„Nanu! Haupttreffer, Erbschaft oder reiche Heirat?“

„Keine Spur davon. Ich kann Näheres auch dir nicht verraten, weil es sich um das Geheimnis anderer Leute handelt und ich durch Wort zum Stillschweigen verpflichtet bin. Nur soviel darf ich wohl sagen, daß es sich um eine gewaltige finanzielle Transaktion handelt, die von hier nach einem anderen Weltteil spielt. Gelingt die Geschichte – und ich glaube, daß sie gelingen muß – dann entfällt auf mich eine Provision, die mich zum sehr, sehr wohlhabenden Manne macht.“

Neidlos streckte ihm Bär beide Hände entgegen.

„Mein Junge, ich würde mich wahrhaftig von ganzem Herzen freuen, wenn dir endlich das beschieden ist, was dir immer als Glück vorschwebt. Ich weiß, wie sehr du dich nach Wohlstand sehnst, und bin überzeugt davon, daß niemand auf der Welt Reichtum besser genießen könnte als du.“

„Ja, das Kunststück, Geld mit Anstand und Genuß auszugeben, traue ich mir wohl zu. Himmelherrgott noch einmal – eine elegante Wohnung mit Kammerdiener, Gäste empfangen, rauchen bis zur Nikotinvergiftung, schönen Mädeln schöne Sachen schenken, reisen, wann und wohin es einem gefällt, den ersten Schneider in Betrieb setzen, alte, kostbare Bücher sammeln, – ja, so ein Leben sehe ich in meinen Träumen immer vor mir! Und es endlich beim Erwachen greifen und fassen zu können, – es wäre zu schön!“

„Wie gesagt, es gibt keinen Menschen, dem ich das alles mehr gönnen würde als dir. Na, und wenn mich dann die ›Weltpresse‹ weniger anzapft als du es tust, so soll es mir auch recht sein.“

Fels machte ein ernstes Gesicht: „Heinrich, treibe ich es wirklich zu arg? Schade ich dir ernstlich?“

Bär lachte bitter auf: „Nein, du tust nur deine Pflicht, und die in sehr anständiger und kluger Weise. Aber meine lieben Vorgesetzten und Kollegen, die halten mir jeden polemischen Artikel unter die Nase, schlagen die Hände über den Kopf zusammen und erklären, daß ich mit dem Fall Holzinger die ganze Polizei demoliere. Sogar der Präsident, der sonst ein höchst vernünftiger und anständiger Mensch ist, hat mir heute gesagt: ›Lieber Doktor Bär, Sie wissen, wieviel ich von Ihnen halte. Aber mit dem Holzinger sind Sie vielleicht doch in eine Sackgasse geraten. Ich glaube, Sie müssen in den nächsten Tagen zu einem Entschluß kommen: Entweder Sie lassen ihn wieder laufen, dann sind wir blamiert, aber stehen wenigstens als objektive Behörde da, oder Sie glauben genug Material zu haben, dann schließen Sie das Vorverfahren ab und überweisen den Fall dem Staatsanwalt. Soll sich dann der Untersuchungsrichter die Zähne ausbeißen.‹ Weißt du, das Peinliche an alledem ist, daß ich nach und nach selbst schwankend werde und mitunter empfinde, an die Unschuld dieses Holzinger glauben zu müssen."

„Sicher ist er unschuldig," sagte Fels warm und entschieden, „und ich möchte gerne noch so lange bei der ›Weltpresse‹ sein, bis Holzinger entlassen wird. Schon deshalb, weil ich dir dann einen so guten Abgang bereiten könnte, daß der Präsident und die anderen Bonzen den Mund halten müßten."

## Zwölftes Kapitel

Einige Tage waren vergangen und noch immer saß Dr. Holzinger in seiner einsamen Haft. Elsbeth Volkmar suchte mehrmals in der Woche Fels in der Redaktion auf, immer spitzer und blasser wurde ihr Gesicht und sie begann trotz allen Zuspruches den Mut vollständig sinken zu lassen. Eines Tages bekam Holzingers Mutter von der Polizei die Verständigung, daß die Voruntersuchung gegen ihren Sohn abgeschlossen sei und das weitere Verfahren nunmehr dem Landesgericht in Strafsachen obliege. Demgemäß werde Dr. Holzinger am übernächsten Tage als Untersuchungshäftling aus dem Polizeigewahrsam nach dem Landesgericht transportiert werden. Elsbeth zeigte schluchzend Fels den schriftlichen Bescheid, und der Journalist ging ratlos mit recht unglücklichem Gesichte im Zimmer auf und ab.

„Ich begreife Ihren Schmerz und teile ihn, Fräulein Volkmar. Mir geht das Schicksal Ihres Bräutigams näher als Sie vermuten. Ich würde mir in aller Seelenruhe einen Finger abhacken lassen, wenn ich dadurch seine Unschuld erweisen könnte. Vielleicht wäre es möglich, durch eine Reihe von wüsten, sackgroben Artikeln das Justizministerium zum Einschreiten und zur Einstellung des ganzen Verfahrens zu veranlassen, – aber glauben Sie mir, damit wäre ihrem Bräutigam wenig gedient. Er würde als jemand, der unter schwerem Verdacht steht, seines Lebens und seiner Freiheit nicht froh werden und sich vielleicht elender fühlen als heute in der Zelle, wo er wenigstens nicht mit Fremden in Berührung kommt. Geduld, Geduld, seine Unschuld muß bald bewiesen sein."

Mit diesem mageren Troste entfernte sich Elsbeth, aber die kommenden Ereignisse sollten dem Journalisten nur zu recht geben.

Am nächsten Tage wollte Fels eben das Bureau verlassen, als ihn Dr. Bär anrief:

„Lieber Freund, ich habe eine kleine Überraschung für dich. Du erinnerst dich wohl noch der Ermordung des alten Trödlers in der Schönbrunnerstraße. Die Zeitungen haben es ja der Polizei oft genug unter die Nase gerieben, daß sie den Mörder nicht finden konnte. Nun habe ich den Kerl endlich erwischt. Ich werde mich von hier in zwanzig Minuten auf den Weg machen, um die Verhaftung zu überwachen. Du kannst also vielleicht die kurze Meldung bringen, daß der Mörder des Trödlers Goldblatt in der Person des berüchtigten und vielfach vorbestraften Verbrechers Johann Schmiedeisen ermittelt wurde und seine Verhaftung unmittelbar bevorstünde."

Fels hatte die Mitteilung stenographisch aufgenommen, aber plötzlich straffte sich seine Gestalt, seine Nasenflügel bebten förmlich vor Erregung und er brüllte in das Telephon hinein:

„Hallo, hallo! Doktor Bär, kannst du mich zu der Verhaftung mitnehmen? Weißt du, ich habe ja schon alles mögliche miterlebt, auch ein paar Hinrichtungen, aber noch niemals war ich bei der Verhaftung eines derartigen Verbrechers anwesend. Es würde mich riesig interessieren. Wie? Es ist zwar unkorrekt von dir, aber du tust es? Bravo! Ich bin also in längstens zwanzig Minuten bei dir."

Fels raste zu seinem Schreibtisch, sperrte eine verschlossene Schublade auf und suchte tobend, schimpfend und lärmend irgend etwas. Grubenheld glotzte wütend zu ihm hinüber, worauf Fels, der inzwischen gefunden, was er gesucht hatte, brummend sagte: „Meine Polizeilegitimation habe ich, wie gewöhnlich, verlegt." Im Auto fuhr Fels nach dem Polizeipräsidium, wo ihn Dr. Bär schon erwartete. Sie begaben sich gemeinsam im Auto nach der Schönbrunnerstraße und Bär erklärte unterwegs die Situation:

„Daß der Schmiedeisen den alten Goldblatt ermordet und beraubt hat, weiß ich schon seit vier Wochen. Aber der Kerl war mir sicher, und ich wollte zur Verhaftung nicht schreiten, bevor nicht das ganze Beweismaterial in meiner Hand war. Jetzt habe ich die geraubten Sachen eruiert, das Beil, mit dem Schmiedeisen den Trödler erschlagen hat, und die Geliebte des Schmiedeisen, die wir heute früh in dem Nachtcafé, in dem sie Animiermädel ist, hoppgenommen haben, hat bereits das volle Geständnis ihrer Mitwissenschaft abgelegt. Vor einer Stunde ist Schmiedeisen nach Hause gekommen, um seinen Rausch auszuschlafen, und nun wollen wir ihn festnehmen!"

Vor dem Hause Schönbrunnerstraße Nr. 140 standen unauffällig zwei Detektive, die den Kriminalkommissär und seinen ihnen wohlbekannten Begleiter mit leichtem Nicken begrüßten. Der eine winkte nach oben und Bär begab sich nun mit Fels die enge, finstere Treppe hinauf, wo Schmiedeisen im dritten Stockwerk eine Kammer gemietet hatte. Diese Kammer besaß einen separierten Eingang nach dem Korridor, vor dem nun drei als Handwerker gekleidete Männer standen. Auch diese waren Detektive. Der eine flüsterte dem Kriminalkommissär zu:

„Er schläft noch. Man hört ihn bis heraus schnarchen. Am besten, wir klopfen nicht erst, sondern brechen gleich die Tür auf."

Dr. Bär nickte, zwei der Beamten zogen ihre Revolver, der eine legte ein seltsam geformtes Instrument an das Schloß an – eine kräftige

Handbewegung – die Tür flog mit einem Krach auf und die Männer warfen sich mit einem Sprung über den verwahrlost aussehenden Kerl, der, noch im Halbschlafe, sich im Bette aufgerichtet hatte. Bevor er noch zur Besinnung gekommen, hielten ihn sechs starke Hände wie mit eisernen Klammern umfaßt, so daß von einem Widerstand keine Rede sein konnte.

„Schmiedeisen," rief ihm Dr. Bär zu, „Sie wissen selbst, weshalb wir so ungestüm bei Ihnen eingedrungen sind. Am besten, Sie legen sofort ein Geständnis ab und geben zu, daß Sie den Trödler Goldblatt umgebracht und beraubt haben."

„Gar nix geb' i zu," heulte der Strolch, „i waß von nix, i kenn' kan Goldblatt, lassen S' mi aus!"

Aber man dachte gar nicht daran, ihn auszulassen. Die Detektive halfen ihm rasch beim Ankleiden, dann wurden ihm die Handschellen angelegt und nun erst ließen ihn die rauhen Hände los. Bär sprach neuerdings auf ihn ein, erzählte ihm von der Entdeckung des geraubten Gutes, des blutbefleckten Beiles und zum Schluß von dem Geständnis seiner Geliebten. Und da gab der Mann, der in seiner an Gefängnisjahren reichen Praxis genau wußte, daß ein Leugnen zwecklos wäre, nach und sagte ganz ruhig, als würde es sich um die geringfügigste Sache der Welt handeln:

„Alstern, wenn S' eh alles wissen, was fragen S' denn dann, Herr Doktor. Gut is, ich hab' den alten Juden erschlagen und jetzt lassen S' mir mei Ruh' und schauen S', daß i bald auf Nummer Sicher mei Essen krieg'."

Dr. Bär nickte lachend, und während der Mörder die Treppen hinuntergeführt wurde, ging Fels auf ihn zu, klopfte ihm auf die Schulter und sagte:

„Recht so, Schmiedeisen, bewahren Sie sich Ihren Humor bis zum letzten Augenblick und denken Sie daran, daß es sich schließlich doch gar nicht lohnt, gelebt zu haben."

Der Verbrecher wurde unten von den Beamten in das Automobil verstaut, der Kriminalkommissär, der es jetzt nicht mehr so eilig hatte, schlenderte mit seinem Freund zu Fuß den recht langen Weg zum Polizeigebäude.

„Merkwürdig," begann Fels, nachdem sie eine Weile schweigend gegangen waren, „ich bringe auch in diesem Falle keine richtige moralische Entrüstung auf. Sicher kein erfreulicher Typus, dieser Schmiedeisen, aber man müßte seine Eltern, seine Kinderstube, seine Jugend und sein späteres Leben ganz genau kennen, um zu beurteilen, ob man es in ihm mit einem geborenen Verbrecher oder mit einem Menschen zu tun hat, der durch das Leben zu dem gebogen wurde, was er heute ist. Und dann: Sicher bildet er sich ein, daß er nichts getan hat, was er nicht vor seinem Gewissen verantworten kann. Für ihn war der Trödler Goldblatt nur ein alter Jude, der Geld und Geldeswert besitzt, während er selbst nichts hat. Und indem er ihn erschlug, räumte er nur das Hindernis beiseite, das ihn von diesem Besitz trennte. Er hat halt einen Krieg auf eigene Faust geführt. Vor ein paar Jahren noch durfte irgend ein hoher Herr eines Tages erklären: ›Wir brauchen unseres Nachbarn Land, weil dort jenes Erz vorhanden ist, das wir nicht besitzen‹, und dann wurde flott drauflosgemordet. Allerdings steckten die Mörder in Uniform und bekamen den Titel Helden und ihr Tun war hochmoralisch, weil sie nicht im eigenen Interesse mordeten, sondern im Interesse der Gesamtheit. Was natürlich ein ungeheurer Schwindel ist, weil der Soldat, wenn er von ›wir‹ spricht, nur an sich und sein günstigeres Fortkommen denkt, das ihm der Besitz der benachbarten Erzgruben sichern soll. Sowie sich aber einer aus der Gemeinschaft löst und einen kleinen Mord auf eigene Faust begeht, ist die Gesamtheit hinter ihm her und ruht nicht, bevor die Bluttat gesühnt ist! Wirklich, eine komische Welt das."

„Natürlich, im großen und ganzen hast du recht, und was du da so aufgeregt dozierst, sind Binsenwahrheiten. Aber es hat gar keinen Sinn, sich über solche Dinge den Kopf zu zerbrechen. Strafjustiz, Staatsmoral, höhere Gerechtigkeit, – zugegeben, daß das alles Phrasen und Begriffe sind, die wir zu unserer eigenen Bequemlichkeit konstruiert haben. Aber diese Bequemlichkeit ist durchaus berechtigt, und wenn wir sie verteidigen, so handeln wir aus Notwehr, und würden wir die Phrasen beseitigen und für ungültig erklären, so müßte alles drunter und drüber gehen und von Bequemlichkeit, an der wir doch alle so hängen, könnte nie mehr die Rede sein. Also ist dieser Doktor Bär, dessen Beruf es ist, alle auf eigene Faust Kriegführenden einzufangen, eigentlich ein sehr nützliches und schätzenswertes Individuum."

Fels lachte hell auf, das Gespräch ging auf die Zukunftsträume des Journalisten über und er teilte dem Freunde mit, daß er wahrscheinlich schon in den nächsten Tagen nach Budapest reisen werde, um das große überseeische Geschäft zum Abschluß zu bringen. Er streckte die Arme aus und jauchzte vor sich hin:

„Und dann dem Leben entgegen und jede Stunde des Tages auskosten und genießen ohne Bedenken, ohne Reue, ohne Zwang!"

## Dreizehntes Kapitel

Dieser Tag erwies sich als ein kritischer erster Ordnung, voll von Überraschungen und schicksalsschweren Entscheidungen. Kriminalkommissär Doktor Bär hatte um die vierte Nachmittagsstunde eben das Verhör mit Schmiedeisen beendet, das recht glatt verlief, da der Strolch nach Zusicherung eines Schweinebratens mit Kraut zum Nachtmahl sein Geständnis höchst ausführlich und mit allen nur wünschenswerten Details und Aufklärungen zu Protokoll gab. Er wurde dann nach seiner Zelle geführt, vorher aber noch einer gründlichen Leibesvisitation unterzogen, wie es den behördlichen Anordnungen entspricht. Dr. Bär arbeitete indessen das Protokoll ordentlich aus, um womöglich noch am selben Tage den Akt dem Landesgericht überweisen zu können und damit endgültig den Fall „Goldblatt" los zu sein. Plötzlich klopft es heftig an die Türe seines Bureaus und sichtlich aufgeregt trat einer der Detektive ein, der bei der Verhaftung des Schmiedeisen geholfen und jetzt bei der Leibesvisitation assistiert hatte.

„Herr Doktor," rief der Mann ganz außer Atem, „ich bring' Ihnen eine ungeheure Überraschung. Da schauen S', Herr Doktor, was wir in der Rocktaschen von dem Schmiedeisen gefunden haben!"

Und schon hielt Dr. Bär eine Platinnadel mit einem großen, leuchtenden Smaragd in der Hand, wie er ihn in gleicher Schönheit und Reinheit noch niemals gesehen hatte.

Selbst den sonst so gelassenen und beherrschten Kriminalbeamten verließ die Fassung, er sprang erregt auf, sah den Detektiv mit einem tiefen, verständnisvollen Blick an und sagte dann hastig:

„Um Himmels willen, das ist, wenn nicht ein ungeheuerlicher Zufall mit uns seine Possen treibt, nichts anderes als der Smaragd der Frau Mabel Langer, den ihr Gatte als Kostbarkeit sondergleichen angegeben hat." Der Detektiv, der auch im Falle „Mabel Langer" mitarbeitete, nickte schweigend.

Bär überlegte einige Augenblicke und sagte dann:

„In wenigen Minuten können wir die Wahrheit wissen. Herr Langer wohnt ja seit der Mordtat im Hotel ›Bristol‹; hoffentlich ist er zu Hause."

Die telephonische Verbindung war rasch hergestellt und wirklich war Herr Langer im Hotel. Dr. Bär teilte ihm in ruhiger und höflichster Weise mit, daß ein wichtiges Ereignis es notwendig mache, ihn sofort zu sprechen, und bat den Millionär, sich auf kürzestem Wege nach der Polizeidirektion zu begeben, was Herr Langer auch zusagte. In den wenigen Minuten, die bis zur Ankunft Langers verstrichen, ließ sich Dr. Bär von dem Detektiv berichten, was dieser über den Fund der Smaragdnadel zu erzählen hatte. Die Leibesvisitation bei Schmiedeisen verlief in der üblichen Weise; in der Geldbörse befand sich ein unbedeutender Betrag neben etlichen Versatzscheinen, in den Taschen lag das obligate Schnappmesser mit Einbrecherwerkzeugen und anderen nicht erwähnenswerten Gegenständen friedlich zusammen. Als aber der Hausbeamte zum Schluß noch in die obere äußere Rocktasche des Verbrechers griff, fand er die Nadel mit dem herrlichen Stein. Der Detektiv versicherte:

„Wir standen wie niedergedonnert da, und auch der Schmiedeisen glotzte die Nadel an, als würde er von ihrer Existenz keine Ahnung haben. Und als ich ihn nach der Herkunft fragte, schien er ganz verwirrt zu sein und wiederholte ein um das andere Mal: ›Davon weiß i nix, den grüanen Stein seh' ich heut' zum erstenmal in mein' Leben!‹"

Dr. Bär ließ sich nun rasch aus dem Archiv das nach den Angaben des Herrn Langer angelegte Verzeichnis der in der „Villa Mabel" geraubten Juwelen geben, verständigte den Polizeipräsidenten durch das Haustelephon von dem Geschehnis und empfing Herrn Langer, der eben gekommen war.

Der Fabrikant und Millionär war totenbleich, als er vor den Kriminalkommissär trat, die Augen lagen ihm tief in den Höhlen und die Stimme, mit der er Bär um sein Anliegen fragte, war heiser, tonlos, fast erstickt. Bär sah ihn prüfend an, ließ ihn Platz nehmen und hielt ihm dann auf der flachen Hand das Schmuckstück hin, dessen Feuer im elektrischen Licht mit unheimlicher Glut leuchtete.

„Kennen Sie dies, Herr Langer?"

Langer sprang auf, ergriff mit zitternden Händen die Nadel und es klang mehr wie ein Keuchen als wie ein Sprechen:

„Um Himmels willen, – das ist ja die Nadel meiner Frau, die damals geraubt wurde."

„Nur das wollte ich wissen, Herr Langer, und deshalb habe ich Sie herbemüht. Diese Nadel wurde heute im Besitze eines gemeingefährlichen Verbrechers, der wegen eines anderen Raubmordes verhaftet ist, gefunden." Dr. Bär erzählte weitere Einzelheiten und mit steigender Verwunderung sah er dabei, wie in das Gesicht seines Besuches die Farbe zurückkehrte, wie seine Stimme wieder frei und hell wurde und ihn scheinbar das Erwachen aus einer tiefen Betäubung zu einem anderen Menschen werden ließ. Nochmals sah er den seltenen Stein an, bis er schließlich ausrief:

„Aber damit ist ja auch die Unschuld meines Privatsekretärs vollständig erwiesen, und dies ist mir noch erfreulicher, als das Wiedersehen mit dem Smaragd."

„Ja, Herr Langer, jetzt muß ich wohl auch an die Unschuld des Doktor Holzinger glauben, und er dürfte heute noch ein freier Mann sein."

Herr Langer bekundete protokollarisch, daß der bei Schmiedeisen gefundene Smaragd identisch mit dem seiner Frau geraubten sei, und damit war für ihn die Affäre erledigt, die Nadel durfte er mitnehmen. Dr. Bär aber sah ihm kopfschüttelnd nach, bevor er die weiteren Amtshandlungen vornahm, die die Entdeckung des Edelsteines erforderte.

Schmiedeisen wurde vorgeführt. Er blieb bei seiner Behauptung, von der Existenz der Smaragdnadel keine Ahnung gehabt zu haben und mit dem Mord in der „Villa Mabel" in keinerlei Zusammenhang zu stehen. „Schau'n S', Herr Doktor," beteuerte er immer wieder, „i hab' ja eh alles eing'standen und mehr als einmal kann man mi ja net aufhängen, alsdann warum sollt' ich jetzt grad die G'schicht' leugnen? I waß nix davon und i kann mir nur denken, daß mir aner von die sauber'n Brüder im ›Café Tiger‹ die Nadel in den Rock g'steckt hat aus Furcht, daß man sie bei ihm finden tät'."

Das war schließlich eine Theorie, die sich nicht so ohneweiters von der Hand weisen ließ, aber Dr. Bär neigte mehr zu der Annahme, daß Schmiedeisen bei dem Morde als Helfershelfer tätig gewesen und nun alles abstritt, um seine Kumpane nicht zu verraten.

Dann aber kam der für den Kriminalkommissär feierliche Moment, wo Dr. Holzinger in Kenntnis gesetzt wurde, daß seine Unschuld erwiesen sei. Müde, blaß und fast schon verzweifelnd betrat Holzinger, von einem Aufseher geleitet, das Zimmer des Beamten, in dem er schon so viele qualvolle Stunden zugebracht hatte. Diesmal aber war der Empfang ein wesentlich anderer als sonst. Dr. Bär schickte den Aufseher durch eine Handbewegung hinaus, ging Holzinger einige Schritte entgegen, streckte ihm beide Hände zu und sagte herzlich und warm:

„Herr Doktor, ich, der ich Ihnen so viel Leid und Kränkung zugefügt habe, darf Ihnen nun von ganzem Herzen gratulieren. Ihre Unschuld ist fast einwandfrei erwiesen und Sie werden heute noch nach Erledigung einiger Formalitäten ein freier Mann sein!"

Holzinger begann zu schwanken, verdeckte die Augen mit den Händen und es kam wie ein tiefes Schluchzen aus der Brust des gehetzten und gemarterten Mannes. Der Beamte legte fast zärtlich seinen Arm um die Schulter Holzingers, erklärte ihm mit kurzen Worten das Vorgefallene und sagte zum Schluß:

„Sie sollen mir keine Vorwürfe machen; ich habe schließlich nichts getan als meine Pflicht, und Sie selbst gaben ja zu, daß gewichtige Momente gegen Sie sprachen. Ich freue mich von ganzem Herzen, daß nun Ihre Unschuld, an die ich tief in meinem Innern immer geglaubt habe, erwiesen ist. Ich freue mich Ihrethalben und für die beiden Frauen, die so fest an Sie geglaubt und so viel um Sie gelitten haben. Über Ihre Zukunft dürfen Sie sich aber keinen Sorgen hingeben. Sie werden vom Staat eine angemessene Entschädigung für das erlittene Unrecht bekommen. Herr Langer wird Ihnen sicher die alte Stellung wieder einräumen, und auch mein Freund, Herr Fels, der so warm für Sie eingetreten ist, wird alles, was in seinen Kräften steht, tun, um Sie zu fördern."

Holzinger, der sich wieder gefaßt hatte und nun selig vor sich hin lächelte, erwiderte:

„Das alles erscheint mir jetzt so geringfügig und nebensächlich! Ich habe die Freiheit wieder und meine Ehre und das Leben liegt offen vor mir."

Wohl oder übel mußte Dr. Holzinger sich nochmals in seine Zelle zurückbegeben, um sein Bündel zu schnüren und auf die Ausfertigung der verschiedenen Papiere zu warten, die auch der republikanische Amtsschimmel unbedingt erforderte. Dr. Bär arbeitete mit größter Beschleunigung an diesen Akten, schickte sie zur Unterschrift dem Polizeipräsidenten und machte sich daran, den Bericht für die offizielle Polizeikorrespondenz zu entwerfen. Er sah auf die Uhr, es war sechs, Fels also schon im Bureau. Bär wollte nicht, daß der befreundete Journalist die neue Sensation erst durch den Polizeibericht erfahre, klingelte ihn an und gab ihm kurz Bescheid, wobei er mit Genugtuung konstatierte, daß Fels vor seinem Telephon einen Indianertanz aufführte. Zum Schluß fragte Fels, ob die Mutter Holzingers schon unterrichtet sei.

„Nein, ich habe dazu noch keine Zeit gehabt, übrigens auch überflüssig, da mir soeben der Enthaftungsbefehl mit der Unterschrift des Präsidenten gebracht wird. In einer halben Stunde ist Holzinger ohnedies zu Hause."

Aber Fels wollte sich damit nicht begnügen. Er mußte der erste sein, durch den die alte Dame von ihrem Glück erfuhr, und ohne von dem Widerspruch Grubenhelds Notiz zu nehmen, ergriff er Hut und Rock, um fortzueilen. Er kam aber nicht weit, denn noch auf der Treppe stieß er mit Elsbeth Volkmar zusammen, die ihn in Gesellschaft eines mageren jungen Mädchens eben hatte aufsuchen wollen. Elsbeth war fieberhaft aufgeregt, ihre Wangen glühten und sie sprudelte die Worte hervor: „Herr Redakteur, jetzt ist alles gut, jetzt kann dem Robert nichts mehr geschehen."

„Sie wissen schon?" meinte Fels fast enttäuscht.

„Wissen? Natürlich; nur wir, die Mutter, ich und das Fräulein, können es ja wissen."

Fels sah, daß hier wieder eine neue Geschichte vorlag, und führte die Mädchen in das Sprechzimmer. Elsbeth stellte ihre Begleiterin als Fini Herlinger vor, und diese erzählte nun eine seltsame Geschichte:

„Ich wohne mit meinen Eltern Tür an Tür mit den Holzingers. In der Nacht vom fünften zum sechsten Februar fühlte ich mich nicht wohl, ich wachte oft, von heftigen Magenschmerzen gequält, auf. Einmal hatte ich so großen Durst, daß ich aufstand, um mir ein Glas Wasser zu holen. Das Haus ist altmodisch und für alle Parteien auf einem Stockwerk befindet sich nur ein Wasserauslauf auf dem Korridor. Ich nahm über das Nachthemd ein Tuch und ging auf den Korridor, um zu trinken. Als ich zurückgehen wollte, hörte ich Schritte auf der Treppe und ich erkannte den Herrn Doktor Holzinger, da der Mond ein wenig die Finsternis erhellte. Ich wollte mich von ihm nicht sehen lassen und drückte mich an die Mauer, bis er vorüber und in seiner Wohnung verschwunden war. Nun konnte auch ich mich wieder in mein Zimmer begeben. In diesem Moment schlug die Kirchenuhr einmal, ich wußte nicht, ob es halb eins oder halb zwei oder mehr war. Ich zündete daher ein Streichholz an und sah auf der Wanduhr, daß es schon viertel drei war. Ich habe mir das so genau gemerkt, weil ich mich über das späte Nachhausekommen des Herrn Doktor Holzinger, der sonst sehr solid ist, wunderte. Am nächsten Morgen war ich schwer krank, ich fieberte stark und der Arzt konstatierte eine Wurstvergiftung. Ich wurde ins Allgemeine Krankenhaus gebracht, wo ich mehr als vier Wochen blieb und zwischen Tod und Leben schwebte. Heute wurde ich in häusliche Pflege entlassen und nun erfuhr ich erst von dem furchtbaren Mord im Cottage und der Verhaftung des armen Doktor Holzinger. Mein Vater hat aus der ›Kronen-Zeitung‹ alle Artikel über den Mord ausgeschnitten und für mich aufgehoben und so erfuhr ich heute alles ganz genau und sah, daß Herr Doktor Holzinger nur deshalb in Haft ist, weil er nicht nachweisen kann, daß er sich vom ›Grabencafé‹, wo er noch um dreiviertel zwei Uhr gesehen wurde, direkt nach Hause begeben hat. Ich kann dies aber ganz genau nachweisen, und nun muß man den Herrn Doktor wohl freilassen. Ich habe das sofort der Frau Holzinger gesagt, sie holte rasch das Fräulein Elsbeth und wir sind zu Ihnen gelaufen, damit Sie dem Herrn Doktor heute noch die Freiheit verschaffen.“

Fels schüttelte dem energischen jungen Mädchen die Hand und wandte sich an Elsbeth:

„Es ist eine seltsame Fügung des Schicksals, daß diese Enthüllung uns gerade heute kommt, wo die Unschuld Ihres Bräutigams auch durch andere gewichtige Tatsachen erhärtet ist.“ Fels erzählte, was ihm eben Dr. Bär telephoniert hatte, und fügte hinzu:

„Nun rasch nach der Florianigasse, Sie werden dort Ihren Bräutigam schon vorfinden. Ich aber setze mich jetzt an meine Schreibmaschine und verfasse den größten und vielleicht letzten Sensationsbericht meines Lebens.“

## Vierzehntes Kapitel

Als Fels in später Nachtstunde seinem Freund im „Café Central" den Abzug des eine ganze Zeitungsseite füllenden Artikels lesen ließ, war Dr. Bär ersichtlich befriedigt. Fels hatte den Artikel in sehr geschickter und taktvoller Weise in ein Lob der Tätigkeit der Polizei im allgemeinen und Bärs im besonderen ausklingen lassen. Er schrieb:

„Ob nun Schmiedeisen wirklich der Mörder der zwei Frauen ist oder ihm nur die Rolle des Hehlers zukommt, wird wohl die Zukunft erweisen. Die Unschuld des Dr. Holzinger ist jedenfalls sonnenklar zutage gekommen, da sein Alibi für die fragliche Zeit geradezu klassisch ist. Von einem einwandfreien Zeugen wurde er eine halbe Stunde, bevor der Mord in der ›Villa Mabel‹ verübt worden ist, im ›Grabencafé‹ gesehen, von einer einwandfreien Zeugin in der kritischen Minute, als die Frauen durch Mörderhand ihr Leben ließen, beim Betreten seiner Wohnung beobachtet. Einen lückenloseren Beweis hat die Kriminalgeschichte jedenfalls nicht aufzuweisen.

Der Polizei, die von uns wegen der Verhaftung des unschuldigen Dr. Holzinger oft genug gerügt wurde, darf aber nun auch das Zeugnis ersprießlicher, gewissenhafter und emsiger Tätigkeit nicht versagt werden. Sie war auf einem Irrweg, als sie Holzinger mit dem Mord in Zusammenhang brachte, aber der Irrtum ist begreiflich, wenn man die näheren Umstände bedenkt. Holzinger war verdächtig, das muß zugegeben werden, und wenn der bewährte, wegen seiner genialen Konzeption berühmt gewordene Kriminalkommissär Dr. Bär auf bloße Verdachtsmomente hin allzu scharf zugegriffen hat, so spricht dies schließlich nur für ein Übermaß an Energie und Gewissenhaftigkeit, das gerügt worden ist, aber nicht verdammt werden darf. Denn eben dieser rücksichtslosen Energie hat unsere Polizei viele ihrer großen Erfolge und unsere Verbrecherwelt ihr unbequemes Dasein zu verdanken."

Dr. Bär schüttelte dem Journalisten die Hand, nachdenklich meinte er aber:

„Deine Anerkennung und die geschickte Art, wie du meine etwas wackelig gewordene Position gehoben und gestärkt hast, würde mich noch mehr freuen, wenn ich am Ende dieser unglückseligen Affäre stünde. Ich fürchte aber, daß dies noch lange nicht der Fall ist. Schmiedeisen hat den Mord nicht selbst begangen, davon bin ich überzeugt. In welches Labyrinth, in welche Abgründe wird mich die weitere Nachforschung noch führen? Und vor allem gibt mir das seltsame Benehmen dieses Herrn Langer immer mehr zu denken. Ich habe selten einen Menschen in so rasender Angst gesehen wie ihn, als er heute mein Zimmer betrat und ich ihm den Smaragd zeigte. War es nur eine seelische Erschütterung, weil die Erinnerung an das Ende der beiden Frauen ihn so ergriff? Nach alldem, was wir von seinem Verhältnis zu Frau und Schwägerin wissen, ist dies nicht recht anzunehmen. Warum also dieses furchtbare Erschrecken, diese rasende Angst, die sein Gesicht verfärbte? Fels, wir stehen hier vor einem düsteren Rätsel und ich werde nicht ruhen, bevor ich es nicht enthüllt habe."

Starr blickte Fels vor sich hin, um schließlich leichthin zu sagen:

„Möglich, daß dich deine Ahnungen nicht trügen und aus der Geschichte noch wilde Sensationen herauswachsen, möglich auch, daß du Gespenster siehst und es sich um einen ganz ordinären Raubmord handelt. Ich jedenfalls werde schwerlich journalistisch mit der Sache noch zu tun haben. Ich hoffe, daß der Artikel, der morgen erscheint, mein Schwanensang sein wird. Übermorgen fahre ich nach Budapest, und wenn ich zurückkomme, bin ich, wenn nicht der Teufel mir noch im letzten Augenblick ein Bein stellt, ein reicher Mann."

Der große Artikel in der „Weltpresse" bildete am nächsten Tag die Sensation für ganz Wien, und dem befreiten Holzinger wendete sich das allgemeine Mitgefühl zu. Herr Langer ließ Holzinger sofort zu sich bitten und machte ihm den Vorschlag, mit erhöhten Bezügen wieder seine Stellung als Privatsekretär anzutreten. Holzinger lehnte dies ab.

warten, die bald erscheinen mußte, und vor allem, um neue Kräfte für das Luncheon zu sammeln, während die Schiffskapelle eben den Freiheitsmarsch von Meister Richard Strauß vortrug.

Ein schlankes, junges Weib mit mahagonibraunem Haar und tiefschwarzen, fast unnatürlich großen Augen streckte sich behaglich in ihrem „Steamerchair“, zupfte den weißen Flanellhut zurecht, so daß die Sonnenstrahlen nicht blendeten, und sagte zu dem Herrn, der links von ihr im Stuhl lag und spitze Rauchkegel aus seiner Zigarette in die Luft blies:

„Rücken Sie Ihren Stuhl näher – so – ganz nahe! Und nun sagen Sie mir, Mister Fels, warum fahren Sie eigentlich nach unserem gesegneten und gelobten Lande?“ Sie hatte fast fließend deutsch mit anmutig-drolligem amerikanischem Akzent gesprochen. Der Herr neben ihr sah sie lang an, blies weitere Kegel in die Luft und erwiderte schließlich in gutem Englisch auf ein ungeduldiges „Nun?“:

„Sehen Sie, Miß Grace, wir haben uns vorgestern nachts, als der Mond so romantisch herabglühte und wir beide genug Sekt getrunken hatten, um ein wenig redseliger zu werden, als es sich für die sogenannte distinguierte Gesellschaft eigentlich schickt, mit feierlichem Handschlag gelobt, gegeneinander aufrichtig zu sein und auf die konventionellen Lügen, soweit dies möglich ist, ohne geschmacklos und plump zu werden, zu verzichten. Das war am vierten Tage unserer gemeinsamen und schönen Reise und heute, am vorletzten, treiben Sie mich durch dieses Versprechen schon in die Enge. Wäre Mondnacht und Sekt nicht gewesen, so würde ich Ihnen erzählen, daß ich am Tage, bevor die ›Deutsche Republik‹ in See stach, im Hamburger ›Hotel Atlantic‹ ein Kabeltelegramm bekommen habe, durch das ich aufgefordert wurde, zur Erledigung wichtiger Angelegenheiten nach den Staaten, oder, wie Ihre so überaus bescheidenen Landsleute es zu nennen belieben, nach ›Gottes eigenster Heimat‹ abzudampfen. Nach unserer Vereinbarung darf ich Sie aber nicht so ohneweiters anschwindeln, und so werde ich Ihnen denn die Wahrheit, die Sie ja ohnedies ahnen, erzählen.“

„Also erzählen Sie!“ Die schöne junge Grace Kerens schmiegte, sich ganz in ihr Kissen und wendete ihr ovales Gesicht ihrem Nachbarn zu. Fels wollte gerade beginnen, als sich ein älterer, hagerer Herr mit scharfen Backenknochen, grauen, nervös zwinkernden Augen näherte, sich zärtlich über Grace beugte und sich nach ihrem Wohlbefinden erkundigte.

Ungeduldig sagte das Mädchen: „Gut, Papa, aber störe uns, bitte, nicht, Mister Fels will mir eine Geschichte erzählen, die mich sehr interessiert.“

Gehorsam, gut erzogen und höflich, wie die amerikanischen Papas sind, entfernte sich Herr Kerens und Fels konnte nun beginnen:

„Ich muß ein wenig weit ausholen, Sie schönstes Mädchen der ›Deutschen Republik‹. Um mich ganz zu begreifen, müssen Sie wissen, daß ich noch im Februar dieses Jahres ein armer Zeitungsschmierer in Wien war, der immer um die Hälfte mehr brauchte, als er verdiente, immer in kleinlichen, erbärmlichen Sorgen steckte und außer seinen persönlichen und, wie Sie zugeben müssen, bestrickenden Eigenschaften nichts besaß, als einen gewaltigen und schier unstillbaren Lebenshunger. Dann aber war ich eines Tages, dank einer kühnen, reichlich skrupellosen geschäftlichen Aktion ein wohlhabender, für unsere bescheidenen deutschösterreichischen Begriffe sogar ein reicher Mann, und von diesem Augenblick an tat ich nichts, als meinen Lebenshunger sättigen. Ende März, nachdem ich mich mit meiner Freundin endgültig entzweit hatte, nicht etwa, weil sie mir untreu war, sondern weil sie ihre angebliche Treue, die ich nie verlangt, durch die Ehe belohnt sehen wollte, verließ ich Wien und bummelte durch das alte Europa, um mich zu überzeugen, ob es nach dem großen Zusammenkrach noch an seinem alten Platz stehen geblieben sei. Nun, ich überzeugte mich, daß es noch stand, daß Genua und Neapel noch so schmutzig sind, wie fünfzig Jahre vor dem Kriege, daß es in Monte Carlo noch immer Damen von fünfundzwanzig gibt, die Hängekleider und offene Locken tragen und eine wenig vertrauenswürdig aussehende dicke Dame ›Tante‹ nennen, und schließlich fuhr ich über das äußerlich unveränderte, innerlich aber sehr müde Paris nach Berlin und Hamburg, um in guter, norddeutscher Luft

Sauerstoff zu atmen. In Hamburg stieg ich im ›Hotel Atlantic‹ ab und überlegte eines Tages eben in der Halle, ob ich nach England oder nach Schweden fahren solle, als besagte Halle plötzlich von einem alten, sehr amerikanisch aussehenden, aber trotzdem distinguiert erscheinenden Herrn, und einer jungen, schier überirdischen Schönheit betreten wurde, die ich Tor für die junge Gattin des alten Herrn hielt.“

Grace drohte lachend mit dem Finger und versicherte, daß sie zwar Komplimente über alles liebe, aber nicht zwischen Frühstück und Luncheon, sondern mehr zwischen Tee und Souper. Fels fuhr mit unerschütterlicher Ruhe fort:

„Eine diskrete Anfrage beim Hotelportier belehrte mich eines Besseren, oder eigentlich, da ich für junge Frauen alter Männer eine gewisse Schwäche habe, Schlechteren. Ich erfuhr, daß es sich um den ›Cotton-Millionär‹ Edgar Kerens und dessen Tochter Grace handelte, und ein amerikanischer Commis voyageur in Rasierseife, der leider meine Frage gehört hatte, erzählte mir, daß Mister Kerens sehr reich und seit drei Jahren verwitwet sei und sich während des Krieges in den Vereinigten Staaten unangenehm bemerkbar gemacht habe, weil er als erbitterter irländischer Bindestrich-Amerikaner bei allen Gelegenheiten für die deutschen Hunnen und gegen die englischen Ritter aufgetreten sei. Nun, durch den letzten Teil dieser Auskunft erweckte auch Mister Kerens mein Interesse und meine Sympathie, während die Augen, der Wuchs und das Profil eines Mädchens, das nicht anders heißen konnte als Grace, mich bis in den Schlaf hinein verfolgten.“

„Mein Herr, es ist elf Uhr vormittags,“ unterbrach Miß Grace trocken.

„Macht nichts, es wird schon mehr werden. Also, wo bin ich stehen geblieben? Ja, ich begann systematisch den Zufall zu fördern, so daß ich abends im Deutschen Schauspielhaus war, als Mister Kerens, der nicht deutsch spricht, sich dort tödlich langweilte, während das Töchterchen sich unterhielt; ich verstand es so einzurichten, daß ich im Speisesaal des Hotels die Aussicht auf die Augen der Miß Grace und den Rücken des Papas bekam, und so oft es anging, fuhr ich mit Ihnen im Lift hinauf, obwohl meine Zimmer im Halbstock gelegen waren. Drei Tage waren so vergangen und ich hatte noch immer keine schickliche Gelegenheit gefunden, mich Ihrem alten Herrn vorzustellen, wohl aber erfuhr ich durch den Portier zu meinem Schrecken, daß Mister und Miß Kerens am nächsten Tag nach Cuxhaven fahren würden, um von dort aus per ›Deutsche Republik‹ nach New York zu gondeln. Ich verwünschte den Portier, der mir das nicht früher gesagt hatte, und faßte rasch meinen Entschluß. England kenne ich, Schweden kenne ich, warum also nicht eine kleine Spritztour nach Amerika machen, das ich nicht kenne? Und dieser Entschluß wurde durch die Tatsache bestärkt, daß die Mehrzahl der Engländerinnen alt und häßlich auf die Welt kommen, die meisten Schwedinnen aber als Doktorinnen mit Zwickern, während ich in Miß Grace geradezu ein Reklameexemplar der schönen Amerikanerin vor mir sah.

Ich stürzte also nach dem ›Hapag‹-Gebäude, um mir eine Kajüte zu kaufen, wurde aber dort geradezu mit Hohn und der Versicherung empfangen, daß sämtliche Plätze, Betten und Kajüten seit mehreren Monaten vermietet seien. Schon wollte ich bescheiden fragen, ob ich die Fahrt nicht wenigstens als Kartoffelschäler mitmachen könnte, als mir das Glück wieder einmal lächelte. Es erschien nämlich ein Herr aus Texas, der dem Beamten seine Anweisung auf eine Doppelkabine vorwies und sehr weitschweifig das Unterleibsleiden seiner Gemahlin schilderte, durch das er gezwungen sei, noch etliche Wochen in dem elenden, kleinen Europa zu bleiben. Er fragte, ob man für seine Kabine auf der ›Deutschen Republik‹ noch Verwendung hätte. Ich enthob den Clerk der Antwort, riß mit der einen Hand das Kajütenbillett an mich, zog mit der anderen meine Brieftasche und brüllte: ›Was kostet das Ding?‹ Und so kam ich im letzten Augenblick in Besitz einer famosen Kabine dieses gesegneten Dampfers und nun fahre ich nach New York, wo die Häuser beim fünfzigsten Stockwerk beginnen, und sitze neben dem schönsten Mädchen von New Orleans, nein, von ganz Amerika und fühle mich ungeheuerlich wohl."

Miß Grace schwieg, veranlaßte Fels durch eine Handbewegung, ihr eine Zigarette zu reichen, setzte sie in Brand, kreuzte mit ihren spitzen Kegeln die ihres Nachbars, streckte diesem plötzlich die feine, schlanke und eher lange als allzu kleine Hand entgegen und sagte:

„Sie gefallen mir, Mister Fels, Sie gefallen mir, und vor allem gefällt mir Ihre Art, das Leben aufzufassen. So würde ich auch sein, wenn ich als Mann auf die Welt gekommen wäre. Keine Bedenken, keine Rücksichten, immer das tun, wozu einen der Moment, die Stimmung, die Laune hinreißt!"

„Hm, daß Sie mir das sagen, ist sehr lieb von Ihnen, Miß Grace, aber empfinden Sie wirklich so? Gehen Sie nicht zu weit, wenn Sie das absolut Unbedenkliche und Rücksichtslose schätzen? Wissen Sie auch, daß dann eigentlich der Verbrecher Ihr wahrer Typus sein müßte? Denn Verbrechen ist schließlich nichts anderes, als eine Rücksichtslosigkeit, die so weit geht, daß sie, wenn es sich um das eigene Wohlbefinden handelt, die Rechte anderer Menschen nicht anerkennt."

„So seid ihr Deutschen immer! Alles muß in ein System gebracht, spezialisiert und seziert werden. Ich habe über das alles noch nicht so genau nachgedacht, aber ich muß zugeben, daß mir das Wort ›Verbrecher‹ keinen heillosen Schrecken einjagt. Wer von uns ist keiner, wenn es darauf ankommt? Ich glaube nicht, daß ich einen Mann nur deshalb nicht lieben könnte, weil er einmal eine Bank ausgeraubt oder einen Mord begangen hat."

Fels lachte kurz und trocken auf. „Sie haben Mut! Den meisten Damen läuft ein Schauer über den Rücken, wenn sie das Wort ›Mord‹ nur hören. Glauben Sie denn, daß ein Mörder sonst ein honoriger, zuverlässiger, anständiger Mensch sein kann?"

„Warum denn nicht? Die Geschichte weist doch genug Beispiele dafür auf. Das Ganze ist schließlich Modesache. Es hat Zeiten gegeben, wo der Mord durch Dolch und Gift eine durchaus wohlanständige Angelegenheit war, während man jetzt allerdings große Bedenken dagegen zu haben scheint. Aber um Himmels willen, was reden wir da für Unsinn. Sie werden mich noch für ein entsetzlich dämonisches Weib halten, während ich in Wirklichkeit ein ganz gewöhnliches Mädel bin, das energische, großzügige Menschen liebt."

„Nein, Miß Grace, Sie sind nicht gewöhnlich, wenn auch vielleicht nicht dämonisch. Jedenfalls glaube ich, daß Sie einem Mann, den Sie lieben, ein starker, mächtiger Bundesgenosse, dem, den Sie hassen, ein furchtbarer Feind sein würden."

Grace errötete leicht und meinte:

„Vorläufig gelüstet es mich noch immer nicht nach solcher Kameraderie. Sehen Sie, Mister Fels, ich bin reich und nach Anschauung der Männer, auf die es doch dabei einzig ankommt, hübsch, über die Zwanzig schon um etliche Jahre hinaus und trotzdem könnte ich mich noch immer nicht entschließen, zu heiraten. Mein Unabhängigkeitsgefühl ist nämlich ein geradezu unbändiges, und mir geht es wie Ihnen: das Schönste ist für mich, eine Idee, die mir plötzlich kommt, ebenso plötzlich auszuführen, ohne dabei Rücksichten auf die gegebenen Umstände zu nehmen. Mein armer Papa hat genug darunter zu leiden, wenn ich ihm mittags mitteile, daß ich abends die dreitägige Reise nach New York antreten oder meiner Freundin in Frisco einen Besuch machen werde. Und dabei kann ich als Mädchen noch immer nicht so sehr meinen Wünschen nachkommen, wie ich es möchte. Schon das Zusammenleben mit einer Freundin hat sich jedesmal für mich auf die Dauer als unerträglich erwiesen, das Zusammenleben mit einem Manne würde mir Höllenqual bedeuten. Oder es müßte sich ein Mann finden, der nichts dagegen hat, wenn seine Frau mittags mit ihm speist und abends ihm die Nachricht hinterläßt, daß sie verreist ist, eine Frau, die ins Theater oder in Gesellschaft geht, ohne das vorher feierlich mitzuteilen, die, wenn es ihr beliebt, zwei Wochen ihr Zimmer nicht verläßt, ohne daß der Mann sich um ihr Befinden erkundigen darf. Das alles natürlich unter der Voraussetzung, daß er dieselbe Freiheit und Unkontrolliertheit in seiner Lebensführung besäße. Aber reden wir jetzt endlich von vernünftigeren Dingen. Da ich nun weiß, warum Sie nach Amerika fahren, so sagen Sie mir auch noch, was Sie dort beginnen werden."

Erstaunt sah sie Fels an. „Was ich dort beginnen werde? Das ist doch furchtbar einfach: Ich werde solange in New York bleiben wie Sie, möglichst oft mit Ihnen ins Theater gehen und später, wenn die Sonne rabiat wird und Miß Grace mit ihrem Papa irgendwo an die Küste oder in die Berge flüchtet, werde ich entweder dasselbe tun oder aber – ganz nach Laune und momentanem Bedürfnis – zurück in das gemütliche, alte Europa schwimmen, wo die Sonne längst gesittet und temperiert ist. Aber nun, da mein Leben schon beinahe ganz offen vor Ihnen liegt, ist es wohl nicht unbescheiden, wenn ich Sie bitte, mir auch etwas von sich zu erzählen. Ich weiß wahrhaftig von Ihnen nur, wie Sie heißen, daß Sie Ihre Mutter vor einigen Jahren verloren haben, ein geistreiches, für amerikanische Verhältnisse sehr vorurteilsloses Mädchen sind, das in Dresden die Institutsdamen reichlich geärgert haben dürfte, bevor es so gut deutsch sprach, wie dies heute der Fall ist."

„Nun," lachte Grace, „eigentlich wissen Sie also so viel von mir, als man von einer jungen Dame überhaupt wissen darf. Viel kann ich Ihnen nicht mitteilen, denn über gewisse Stellen und Seiten des Lebensbuches wird ein Weib immer schweigend hinweggehen, sogar wenn sie eine fromme Katholikin ist und am Beichtstuhl kniet. Also ich bin in New-Orleans aufgewachsen, habe aber die Kindheit fast ganz in unserem Landhaus, zwei Bahnstunden von der Stadt entfernt, zugebracht, umgeben, gehegt und geliebt von unseren alten, schwarzen Dienstboten, unter denen Mary, die ehemalige Amme, Benjamin, der Koch, David, der Gärtner, die erste Stelle einnahmen. Papa entstammt, wie Sie ja schon wissen, einem alten irländischen Geschlecht, das in grauen Vorzeiten der grünen Insel sogar einen König gegeben haben soll, während Mama von Geburt Südfranzösin ist. Papa haßt, wie Sie ebenfalls schon wissen, die Engländer aus ganzer Seele, und ich glaube, wenn ich einen Engländer heiraten wollte, so würde Papa mir zum erstenmal wirklich zürnen. Er hat von seiner Mutter her, die eine Rheinländerin war, eine ganz besondere Vorliebe für die Deutschen, während Mama als glühende Französin diese Nation ehrlich verabscheute. Es kostete also meinem Papa schwere Kämpfe, es durchzusetzen, daß ich mit vierzehn Jahren nach Dresden gebracht wurde, wo ich vier Jahre in einem Mädchenpensionat zubringen sollte. Ich wundere mich um so mehr, daß Papa aus diesem Kampfe als Sieger hervorgegangen ist, als meine Mutter sehr, sehr schön war, und in Amerika schön sein gleichbedeutend ist mit recht haben und recht behalten. Trotzdem, ich kam nach Dresden und brachte die arme Institutsmama wirklich oft genug in Verzweiflung. Kaum hatte ich zum Beispiel nach meiner Ankunft mein Zimmer besichtigt und festgestellt, daß ich dieses mit noch zwei Mädchen zu teilen hätte, als ich mich auch schon vor die Institutsdame mit verschränkten Armen hinstellte und ihr folgende Rede hielt: ›Madame, ich habe zu Hause sechs Zimmer, die nur ich betreten darf und die sogar meine Mama nicht betritt, ohne vorher geklopft zu haben. Hier wünsche ich mindestens ein eigenes Zimmer zu besitzen, sicher aber nicht dieses eine mit anderen Mädchen zu teilen.‹

Als Madame mich daraufhin zurechtwies und mein Begehren rundweg abschlug, erklärte ich, sofort meinen Eltern nach Havre nachreisen zu wollen, keinesfalls aber auch nur eine Nacht in dem Institut zu bleiben. Und als mich Madame in ein Zimmer sperren wollte, erhob ich ein derartig gellendes Geschrei, daß auf der Straße die Leute zusammenliefen. Schließlich wurden meine Eltern, die unterwegs nach Frankreich waren, telegraphisch von meiner Renitenz verständigt, worauf sie auf demselben Wege sich mit jeder Erhöhung des Pensionspreises einverstanden erklärten und baten, meinen Wunsch zu erfüllen. Ich bekam also wirklich allein ein Zimmer und war vier Jahre hindurch die unumschränkte Herrscherin über meine Kameradinnen, die mich liebten, fürchteten und haßten. Dann brach der Krieg aus und ich fuhr nach Hause. Der Krieg machte aber auch mein Elternhaus recht unbehaglich. Mama stand ganz und gar auf Seite der Entente, Papa auf Seiten Deutschlands und die Meinungsverschiedenheiten gingen so weit, daß aus ihnen schließlich eine unüberbrückbare Kluft wurde. Ich glaube, daß diese Ehe zerrissen wäre, wenn Mama, die herzleidend war, nicht vor drei Jahren ein sanftes, plötzliches Ende gefunden hätte. Ein Jahr nach dem Tode Mamas, als auch die Schifffahrtsverbindungen wieder in Ordnung kamen, fuhr ich allein nach Europa, besuchte in Frankreich und England die Verwandten meiner

Eltern, in Deutschland alte Pensionatsfreundinnen, fuhr auch nach Wien, Budapest und sogar nach Konstantinopel. In Berlin überraschte mich Papa, wir blieben noch einige Wochen und befinden uns nun auf dem Heimwege. Das ist alles, mein Herr; sind Sie zufrieden?“

„Nein, durchaus nicht; denn das, was Sie mir erzählt haben, hätte mir ein tüchtiges Auskunftsbureau auch mitteilen können. Von dem, was ich wissen wollte, von Ihren inneren Erlebnissen, von den Dingen und Ereignissen, die, seitdem Sie dem Pensionat entwachsen sind, in New York oder New Orleans, in Berlin oder Wien eine Rolle in Ihrem Leben spielen, davon haben Sie mir natürlich nichts gesagt.“

Grace sah ihn mit einem sehr seltsamen, halb verschleierten Blick an und sagte sehr langsam und gedehnt:

„Nein, das werde ich auch nicht erzählen; Ihnen nicht und niemandem. Diese innerlichen Dinge waren nie innerlich, wenn man sie erzählen kann. Jemand, der mich einstens ganz und gar, mit Körper und Seele, auf Gnade und Ungnade besitzen sollte, der wird sich ja alles, was er wissen will, rekonstruieren können, und alle anderen geht es nichts an. Aber nun machen wir rasch einen schneidigen Spaziergang über Deck, denn bald muß ich mich für den Lunch umziehen.“

## Zweites Kapitel

Im Wettrenntempo rasten Fels und Miß Kerens über Deck, sehr zum Ärger älterer Damen und Herren, die behäbig ihre Verdauungspromenade absolvierten und jedesmal zur Seite flüchten mußten, wollten sie nicht umgerannt werden. Fels befragte das Mädchen, das nur um ein geringes kleiner war als er, nach dem Eindruck, den es von Wien erhalten hatte. Grace erklärte, von Wien entzückt zu sein, erzählte von einigen Faschingsunterhaltungen, den ersten nach dem Kriege, die sie in Wien mitgemacht hatte, und wußte von verschiedenen Persönlichkeiten in grotesker, karikaturenhafter Weise zu erzählen. Plötzlich, fast mit einem Ruck blieb Fels stehen und stellte ganz unvermittelt die Frage:

„Sie waren also im Februar in Wien, da haben Sie ja sicher auch von dem Mord gelesen, dem zwei Frauen zum Opfer gefallen sind?“

Grace bejahte und gestand, daß dieses eigenartige, düstere Verbrechen ihr ganz besonderes Interesse erregt hatte. Sie zeigte sich auch über alle Phasen der Sensationsaffäre genau unterrichtet. „Nur der Schluß,“ meinte sie, „hat mich eigentlich enttäuscht. Immer dachte ich, daß sich das Rätsel der ›Villa Mabel‹ in ganz seltsamer, unerhörter Weise lösen würde, und nun hat sich herausgestellt, daß ein ganz gewöhnlicher Zuchthäusler die Tat begangen hat.“

„Da sind Sie aber nicht genau unterrichtet und Sie haben wohl vor Ihrer Abreise Wiener Zeitungen nicht mehr gelesen, sonst wüßten Sie, daß die ganze Angelegenheit furchtbar verwickelt und mysteriöser ist, als jemals zuvor. Holzinger ist unschuldig, das ist erwiesen, dieser alte Zuchthäusler Schmiedeisen aber hat die Frauen ebenfalls nicht ermordet und steht mit dem Morde auch kaum in irgend einem Zusammenhang. Übrigens habe ich den Kriminalkommissär Doktor Bär, der die ganze polizeiliche Untersuchung leitet und mit dem ich befreundet bin, in Berlin, an dem Tage, bevor ich nach Hamburg fuhr, getroffen, und von ihm weiß ich mehr, als in den Zeitungen veröffentlicht worden ist.“

Mit großen, neugierigen Augen sah Grace den ehemaligen Journalisten an, der von Stunde zu Stunde mehr die Rolle ihres entschiedenen „Flirts“ zugewiesen erhielt, und rief beschwörend:

„Lieber Mister Fels, Sie müssen mir das ganz genau erzählen, ich komme schon vor Neugierde um.“

Fels führte sie bis an die Spitze des Riesenschiffes, und während sie in den weißen Gischt, den der Bug in die Wogen schlug, sahen, erzählte er von der neuesten Phase des Mordes in der „Villa Mabel“:

„Also, Sie wissen ja, daß Holzinger durch zwei voneinander ganz getrennte Momente vollständig und lückenlos entlastet worden ist, während man bei der Verhaftung des Verbrechers Schmiedeisen, der erwiesenermaßen und nach seinem eigenen Geständnis den Trödler Goldblatt in der Schönbrunnerstraße ermordet hat, den köstlichen

Smaragd aus dem Besitze der Frau Mabel Langer fand. Damit schien erwiesen, daß Schmiedeisen auch diesen Mord begangen habe oder wenigstens als Helfershelfer und Hehler mitschuldig sei. Während aber Schmiedeisen, der sein Leben ohnedies verwirkt sah, die Ermordung des Trödlers und einige Dutzend Einbrüche gestand, leugnete er auf das heftigste, von der Ermordung der zwei englischen Damen etwas zu wissen, geschweige denn mit dieser Tat irgendwie in Verbindung zu stehen. Doktor Bär setzte ihm furchtbar zu, unterzog ihn fünfstündigen Verhören, versprach ihm die enormsten Quantitäten Schnaps, wenn er gestehen würde, – alles war vergebens, Schmiedeisen erklärte immer wieder, an dieser Sache unschuldig zu sein wie ein neugeborenes Kind.

Nach der neuen Strafprozeßordnung Deutschösterreichs kann man niemanden mehr, wie früher, monatelang in Untersuchungshaft belassen, sondern muß ihn in kürzester Zeit den Geschworenen überweisen. Doktor Bär war der Verzweiflung nahe. Der Untersuchungsrichter und der Staatsanwalt drängten unaufhörlich und die Polizei hatte gegen Schmiedeisen wohl genug Anklagematerial, um das Todesurteil, das man infolge der Zunahme schwerer Verbrechen wieder hatte einführen müssen, gegen ihn zu erwirken, aber nicht in dem zweiten Mordfall an den beiden Frauen. Darüber lag gegen Schmiedeisen nichts vor als der Besitz des Smaragdes, und daraufhin konnte er unmöglich verurteilt werden. Er wäre von den Geschworenen in diesem Punkte freigesprochen worden und damit das Rätsel der ›Villa Mabel‹ ungelöst geblieben.

In dieser prekären Situation hatte Bär einen an sich sehr guten Einfall. Nach einer kurzen Unterredung mit dem Staatssekretär des Justizwesens ließ er sich Schmiedeisen abermals vorführen und sicherte ihm für den Fall eines vollen Geständnisses die Rettung vor dem Galgen zu, das heißt, er erklärte sich bereit, ihm zu garantieren, daß er wenige Tage nach dem Schuldspruch der Geschworenen zu zwanzigjährigem Kerker begnadigt werden würde. Schmiedeisen blieb auf diese Eröffnung hin einige Minuten stumm wie ein Grab, während seine Augen freudig aufleuchteten, und dann erklärte er sich bereit, unter solchen Umständen einzugestehen, daß er auch den Doppelmord an den beiden Frauen in der

›Villa Mabel‹ begangen habe. Doktor Bär atmete erleichtert auf, ließ den Protokollführer kommen und das Verhör begann. Die einleitenden Worte des Johann Schmiedeisen lauteten:

›Ich, Johann Schmiedeisen, geboren am ersten August 1870 zu Ottakring bei Wien als Sohn der ledigen Fanni Schmiedeisen, gebe hiermit freiwillig und ohne Zwang, lediglich um mein Gewissen zu erleichtern, zu, daß ich in der Nacht vom fünften zum sechsten Februar dieses Jahres in der ›Villa Mabel‹ im Cottage die Frauen Mabel Langer und Kathleen Mac Lean ermordet habe.‹

So wie ich Ihnen das erzähle, Miß Grace, klingt das ja ganz einfach, aber Doktor Bär versicherte mir, daß die Niederschrift dieses einen Satzes eine halbe Stunde gedauert habe. Es stellte sich nämlich heraus, daß Schmiedeisen keine Ahnung hatte, in welcher Nacht, in welchem Hause, in welcher Straße und an welchen Frauen er den Mord begangen. Auch weiterhin mußte jedes Wort aus ihm herausgezogen werden, und nach einer Stunde endigte die Geschichte damit, daß Doktor Bär, der sonst die Geduld und Ruhe selbst ist, plötzlich wie ein Rasender aufsprang, dem Kerl eine furchtbare Ohrfeige gab und dabei die klassischen Worte ausrief:

›Sie infamer Lügner, Sie wissen ja überhaupt von dem Mord gar nichts!‹

Und so war es auch. Schmiedeisen hatte sich in einen Widerspruch nach dem anderen verwickelt und ein sogenanntes ›Geständnis‹ abgelegt, das klipp und klar bewies, daß er tatsächlich Näheres von dem Morde in der ›Villa Mabel‹ nicht ahnte. Die Ohrfeige tat aber ihre Wirkung; heulend gab Schmiedeisen zu, gelogen und ein Geständnis erfunden zu haben, um begnadigt zu werden.

Nun allerdings gab mein Freund die Geschichte als aussichtslos auf. Schmiedeisen wurde nur wegen des Mordes in der Schönbrunnerstraße unter Anklage gestellt; wenige Tage, bevor wir Europa verließen, fand die Verhandlung statt, die natürlich mit seiner Verurteilung zum Tode endete. Unmittelbar nach Fällung des Urteiles suchte Bär den Mann in seiner Zelle auf und zerknirscht und gebrochen schwur Schmiedeisen wieder, daß er keine Ahnung habe, auf welche Weise die Smaragdnadel in seine Tasche gekommen sei. Es war der Schwur eines mehr Toten als Lebendigen; denn eine halbe Stunde, nachdem Doktor Bär den Mann verlassen hatte, gelang es diesem, sich an einem aus seinem Hemd gedrehten Strick zu erhängen. Sie sehen also, das Rätsel der ›Villa Mabel‹ hat seine Lösung noch immer nicht, weder in banaler noch in anderer Weise, gefunden."

„Was mich eigentlich sehr freut," erwiderte Grace nachdenklich, indem sie Fels ansah; „Rätsel, deren Lösung die ganze Welt kennt, mag ich nicht, wohl aber würde ich viel dafür geben, wenn ich allein den Schlüssel hätte und allein den Mörder kennen würde."

## Drittes Kapitel

Die Maschinen der „Deutschen Republik" schienen von Tag zu Tag mehr in „Training" zu kommen, und in den letzten vierundzwanzig Stunden vor Erreichung der Neufundlandsinseln leisteten sie Enormes und schlugen den besten Weltrekord um etliche Knoten. Die Folge davon war, daß man morgens schon Land vor sich sah und die Gewißheit hatte, mittags in New York auf fester Erde zu speisen. Nervös, mit sich und ihrem Gepäck beschäftigt, die rasch geschlossenen Freundschaften schon wieder vergessend, eilten die Passagiere von einem Ort zum andern, während sich im untersten Schiffsraum zweitausend Auswanderer stumm und ängstlich zusammendrängten und der Verhöre durch die amerikanischen Emigrationsbeamten harrten, von denen es abhing, ob sie Eintritt in Onkel Sams großes Wunderland finden oder zurück in das Elend des zusammengebrochenen Europa geschickt werden würden. Und die meisten, denen heute Ellis Island als die Pforte zum Schlaraffenland erschien, ahnten nicht, daß es für so manche auch die Pforte zur Hölle bilden werde.

Fels und die schöne Amerikanerin standen auf Deck nahe der Schiffstreppe, während Herr Kerens mit der umständlichen Art des

Trinkgeldverteilens beschäftigt war, und die Kammerzofe, die die Reise in der zweiten Kajüte mitgemacht hatte, zum letztenmal die Riemen der acht Koffer enger anzog. Wenige Schritte von Fels und Grace entfernt stand ein Pastor, der während der ganzen Überfahrt von Southampton her, wo er eingestiegen war, sich einsam und zurückgezogen gehalten hatte. Er las ununterbrochen die Bibel oder war in Gebete versunken, kaum, daß er jemals ein Wort mit einem Passagier wechselte. Zuerst hatte man allerlei Glossen über den frommen Herrn, der noch recht jung schien, gemacht, dann war man über ihn zur Tagesordnung übergegangen. Auch jetzt schien er in ein Gebet versunken zu sein, er stierte mit weit aufgerissenen Augen landwärts. Fels beobachtete ihn unwillkürlich und sagte dann zu Grace:

„Sehen Sie nur, glücklich scheint diesen Reverend die Frömmigkeit nicht zu machen. Seine Augen haben einen Ausdruck, als wenn er voll Angst und Entsetzen dem Leben entgegenblicken würde."

In diesem Augenblick legte der kleine weiße Regierungsdampfer unter dem Sternenbanner an der Falltreppe des nur mit Zehntelkraft gleitenden Ozeandampfers an und ihm entstieg ein ganzes Bataillon von Zollbeamten, Ärzten, Einwanderungskommissären und natürlich auch Journalisten, die nach Persönlichkeiten, wert, interviewt zu werden, Umschau hielten. Einer der Schiffsoffiziere aber, der eben zu Fels und Miß Grace herangetreten war, pfiff vor sich hin und meinte halblaut:

„Ich glaube, da gibt es noch eine kleine Überraschung. Unter den Beamten befindet sich der Hilfs-Bundesmarschall mit einigen Leuten, denen man die Detektive auf eine halbe Meile Entfernung ansieht."

Grace wurde aufgeregt und meinte, während sie mit fieberhafter Spannung auf die heraufkletternden Männer blickte, daß sich hoffentlich zum Abschluß noch eine interessante Episode abspielen würde. Auf eine Frage erklärte sie Fels, daß dem Hilfs-Bundesmarschall die Aufgabe zukäme, verfolgte Verbrecher aus Europa aufzuspüren und zu verhaften.

Die Beamten strömten nun nach den Speisesälen und dem Zwischendeck, um die Verhöre und Untersuchungen vorzunehmen, der

Bundesmarschall aber begab sich direkt auf die Kommandobrücke, wo er mit dem Kapitän einige Worte wechselte, um sich dann mit ihm, seinen zwei Begleitern, gefolgt vom Zahlmeister, in die Kapitänskajüte zu begeben. Außer Fels und Grace wußten wohl nur die in der Nähe weilenden Schiffsoffiziere, um was es sich handelte. Sicher nicht der Pastor, der noch immer wie unbeweglich neben seinem unbeträchtlichen Handgepäck stand. Kerens kam, um Grace zum Zollverhör zu holen, aber sie winkte ab und schaute wie gebannt auf den Eingang zur Kapitänskajüte. Fels, den nun das Ankunftsfieber auch gepackt zu haben schien, wurde ersichtlich unruhig und nervös, aber er blieb bei Grace. Der Bundesmarschall kam mit den anderen Herren zurück, er sah sich im Kreise um, der Zahlmeister flüsterte ihm etwas ins Ohr und gab ihm einen Wink, und nun schritt er, gefolgt von den Detektivs, direkt auf den Pastor zu. Er legte ihm die Hand auf die Schulter und rief laut: „Angeblicher Reverend Smitson, ich verhafte Sie – – –“

Weiter kam er nicht, denn der Pastor, der bei der Anrede jäh zusammengefahren war, packte blitzschnell den Handkoffer, schleuderte ihn mit furchtbarer Wucht dem Bundesmarschall an den Schädel, so daß dieser ächzend zusammenfiel, und bevor sich noch die Detektivs auf ihn hatten stürzen können, flog er mit mächtigen Sätzen, links und rechts Fausthiebe austeilend, über Deck, schwang sich über die Planke und sauste mit einem Ruck in die Tiefe von etwa zehn Meter hinab auf den steinernen Hafenkai, an dem inzwischen das Schiff angelegt hatte. Er fiel, raffte sich auf, feuerte aus einem Revolver Schüsse gegen zwei Dockarbeiter, die ihm entgegentraten, und lief weiter. Hinter ihm her die Detektivs, von denen einer ihn mit mächtigen Sätzen erreichte und nach kurzem Handgemenge überwältigte. Bis auf Deck hörte man das Klirren der Handschellen, – die Episode war vorbei!

Fels, der totenbleich geworden war, Grace, der die Aufregung die Röte ins Gesicht getrieben hatte, und andere Passagiere umringten den Kapitän, der eine kurze Erklärung abgab: Der angebliche Pastor war ein Londoner Buchhändler, der seinen Kompagnon vergiftet hatte, um den Buchladen allein zu besitzen. Ein drahtloser Steckbrief war hinter ihm hergegangen, und da man glaubte, zu wissen, daß er im Gewande eines Pastors nach Amerika unterwegs sei, war seine Verhaftung eben kein besonderes Kunststück.

Zoll- und Einwanderungsverhör waren vorüber, die Passagiere verließen in der Schiffshalle von Hoboken den Ozeandampfer, der durch eine kurze Woche ihr Heim gewesen war, und Fels verabschiedete sich von Herrn Kerens und Miß Grace, die ihm noch lachend gesagt hatte:

„Sehen Sie, in diesen Mörder würde ich mich allerdings nicht verlieben können. Ein Mord wegen eines Buchladens, pfui! Und dazu diese alberne Verkleidung, dieser läppische Fluchtversuch, statt sich ins Meer zu werfen!“

Grace fuhr mit ihrem Vater in ein vornehmes Privathotel, in dem sie radiotelegraphisch ein Appartement bestellt hatten, Fels aber nach dem Waldorf-Astoria, dieser amerikanischen Riesenkarawanserei, nach der er sich schon zu einer Zeit gesehnt hatte, da er noch ein armer Journalist gewesen war.

## Viertes Kapitel

Nie hatte New York ein so großartiges, bewegtes Bild geboten, als in diesem Mai. Die ganze Welt hatte in den furchtbaren fünf Jahren die Vereinigten Staaten als Richter über sich und ihre Zukunft anerkannt, Onkel Sam war der Gläubiger der Erde geworden, ein endloser Strom von Einwanderern aus dem müden, wunden Europa ergoß sich nach der Neuen Welt, die Millionen von fleißigen Händen brauchte, um den Übergang zur friedvollen Arbeit zu finden, die neuentstandenen Industrien zu versorgen, ungeheuere Flächen unbebauten Landes urbar zu machen, um Nahrung für die Europäer zu schaffen, die in ihren großen Massen noch immer hungerten, jeden Bissen Brot noch immer zugezählt erhielten. Tausende, Zehntausende von Dollarmillionären waren in den Städten des Ostens und Westens entstanden, die Farmer schwammen in

Gold, da niemals vorher ihre Bodenprodukte solche Preise erzielt hatten, eine glänzende Ernte stand vor der Tür und vom Norden wie vom Süden, vom nahen Osten und vom fernen Westen, vom Mississippi und vom Michigansee, von der Panamazone und aus Kanada brachten die Expreßzüge und die Schiffe Männer und Frauen, die alle von einem Wunsch beseelt waren: In New York sich amüsieren, alle weltlichen Freuden mitmachen und Geld ausgeben.

Die Hotels, die zwanzigstöckigen im vornehmen Westen der Stadt mit der Aussicht in den Zentralpark, wie die schäbigen, kleinen, verrufenen an der Bowery – alle waren überfüllt, in den Tausenden von Boardinghäusern war niemals ein Zimmer länger als einen Tag leer, die Theater waren trotz der vorgerückten Saison und der sommerlichen Wärme nachmittags und abends ausverkauft und lange nach Mitternacht blieben die riesenhaften Restaurants hell erleuchtet, klang die Zigeunermusik auf den Broadway hinaus, auf dem die Männer aus Texas mit ihren glutäugigen Frauen, verwegene Gestalten aus dem wilden Westen, fette Schweinezüchter mit riesigen Diamanten an den Fingern, Schönheiten von der pazifischen Küste und grotesk aufgeputzte Neger und Negerinnen, Mulatten und Mulattinnen, kurzum alles, was in dem ungeheuren Lande zu Hause ist, promenierte.

Fels stürzte sich mit dem Feuereifer eines Jünglings in den Großstadtstrudel. Der ganze Lebenshunger nach den arbeitsreichen Jahren, der sorgenvollen Zeit, den furchtbaren Kriegserlebnissen, dem dumpfen Vegetieren im Hinterlande bei ungenügender Ernährung war in ihm wach geworden und er konnte diesen Hunger nicht sättigen, auch wenn er vom frühen Morgen bis wieder in den grauenden Morgen hinein mitten im Leben schwamm. Mit klugen Augen erfaßte er die Dinge um sich her, beobachtete schärfer, als es von einer Million Menschen sonst auch nur einer kann, mit seinem schneidenden Humor erfaßte er all das Unfertige, Halbgare, Unkultivierte des New Yorker Lebens und mit seiner scharfen, durch nichts beirrbaren Logik beurteilte er die Entwicklung des Landes, die Struktur der Gesellschaft, das Kommende und das Seiende besser und richtiger, als die meisten gescheiten Leute, die seit Jahrzehnten im Lande waren.

In New York wurde Fels zum Frühaufsteher, der er in Wien gewöhnlich nicht gewesen war. Nicht etwa, daß er sich zu dem Grundsatz von der Morgenstunde mit dem Gold im Munde bekehrt hätte, sondern weil er in seiner toll gewordenen Lebensgier mit jeder Stunde geizte, jeden Augenblick bereute, der ihn dem Leben entzog. Das Frühstück wurde ausführlich und gediegen im Hotel eingenommen; beim Barbier und nachher auf dem hohen Stuhl des italienischen Stiefelputzers las er die Morgenzeitungen mit ihren fetten, geschickt angeordneten Überschriften, die meistens eine eingehendere Lektüre überflüssig machen, dann ein Spazierritt, den Riverside Drive entlang, auf einem Mietgaul, wie man ihn in gleicher Vortrefflichkeit eben nur in New York bekommt, und dann der kurze, ihm von Tag zu Tag lieber und köstlicher werdende Weg nach dem Marborough-Palace, dem Privathotel, in dem Grace wohnte! Diese Privathotels sind eine New Yorker Spezialität für reiche Leute, die den Luxus eines vornehmen Hotels ohne seine Unruhe, das Tischleindeckdich ohne zweifelhafte Zuschauer, das Schlaraffenland ohne andere Schlaraffen als sich selbst suchen. Man mietet nicht etwa ein Zimmer, sondern ein ganzes Appartement, das innerhalb weniger Stunden in dem gewünschten Stil ausgestattet wird; man drückt eine Glocke und die Speisenkarte erscheint geräuschlos hinaufgeschleudert durch eine pneumatische Hauspost auf dem Schreibtisch; man streicht an, was man wünscht, und befördert sie auf demselben Wege zurück, und wenige Minuten später kommt ein lautloser Kellner, der wie ein Graf aussieht und vielleicht auch einer war, und serviert. Man hat Lesezimmer, Musiksalons, Schwimmbäder und prachtvolle Bibliothekräume zur Verfügung und überall geht man auf kostbaren weichen Teppichen, die jedes knarrende Geräusch verschlingen, überall sieht man gut angezogene Menschen von tadellosem Benehmen, man spricht in den gemeinsamen Räumen im Flüsterton und lebt in der Illusion, sich in einem Palaste zu befinden.

Jeden Morgen um elf Uhr betrat Fels den Bibliothekraum des „Marborough“, wo er von Grace erwartet wurde. Jedesmal überreichte er ihr drei Blumen, die köstlichsten, die sich hatten auftreiben lassen, große grüne Nelken oder schwarzblaue Rosen oder Orchideen, die wie Gold leuchteten, und dann nahm Grace den Blaufuchs oder Edelmarder oder Zobel um, der die Amerikanerin auch im Sommer nicht verläßt, und gemessen, feierlich, fast gravitätisch verließen sie das Haus. So wie sie aber auf der Straße waren und damit den prüfenden, mißbilligenden oder begönnernden Blicken der alten Senatorsgattin oder der Kupfermillionärin aus Montana entzogen, wandelte sich ihre Feierlichkeit in Ausgelassenheit, Grace ergriff seinen Arm, sie rannten nebeneinander her wie Backfisch und Gymnasiast und erzählten in sprudelnder Laune von den kleinen Erlebnissen der vergangenen Stunden. „Marborough“ liegt am Nordende des Zentralparkes, den sie dann bei jeder Witterung bis zum Südende an der 59. Straße durchschritten. Die City, die längst bis hier hinauf gewachsen ist, empfängt einen da schon mit gellendem Geschrei und wüster Aufgeregtheit und stadtabwärts reihen sich die ungeheuren Warenhäuser aneinander, geht man durch Straßen, die Basaren gleichen, reckt man den Kopf zu Häusern hinauf, die mit vollem Recht Wolkenkratzer heißen, weil ihr fünfzigstes oder sechzigstes Stockwerk wirklich die Wolken zu kitzeln scheint.

Fels pflegte nun mit Grace eine gute Stunde dem einzigartigen Vergnügen des „Shopping“, das heißt dem müßigen Umherschlendern durch die Kaufhäuser, zu widmen, bei dem die Amerikanerin nicht die Absicht hat, einem Bedarf durch einen Einkauf abzuhelfen, sondern irgend etwas zu finden, was man schließlich noch brauchen kann, weil ihr das Einkaufen Vergnügen an sich ist. War man müde und abgespannt, so wurde die wichtige Frage „Wo werden wir heute den Lunch nehmen“ eingehend beleuchtet. Da kamen die kleinen, mit pariserischer Eleganz hergerichteten Zimmer bei Delmonico in Betracht, die Speisesäle von Cherry, dann ein deutsches Bierhaus mit spießbürgerlichem, aber behaglichem Luxus, ein italienisches Restaurant am untersten Broadway oder ein chinesisches Speisehaus an der Achten Avenue, in dem man Shop

Sui löffelte, Reis mit Huhn aß und einen wundersam duftenden Tee trank. Oder man konnte den Lunch in einem Warenhaus einnehmen, wenn man es eilig abmachen wollte, oder in dem alten Wiener Café Fleischmann, wenn man die Zeit totschlagen und nach dem Speisen in europäischen Zeitungen herumblättern wollte. Dann gab es aber an der Zweiten Avenue, genannt die Gulyasch-Avenue, noch ungarische, Wiener und böhmische Wirtshäuser, alle mit etwas semitischem Einschlag, verdächtiger, steckbrieflich verfolgt aussehender Gesellschaft, aber vortrefflicher, wenn auch himmelschreiend paprizierter Küche, und es gab in der Madisonstreet griechische, armenische und serbische Lokale und unweit davon orthodox-jüdische und türkische – kurzum, man brauchte nur zu wählen und konnte die Mittagsstunde auf dem Balkan, in Zion, in Peking oder auf der Pußta zubringen. Den beiden jungen Leuten aber war kein Lokal zu schlecht, zu verdächtig und zu schmutzig, wenn es nur irgend einen Geruch von Abenteuern an sich hatte, wenn man dort nur irgendwelche exotische, interessante Typen sah, statt der „perfect American Lady“ und dem glattrasierten Yankee mit den Fischaugen, dem Mac-Kinley-Gesicht und den auswattierten Schultern.

Nach dem Luncheon wurde eine Matinee, eine kurze Vaudevilleaufführung oder ein Kinotheater aufgesucht und dann führte Fels das Mädchen nach dem „Marborough“ und dort gab es einen kurzen, formlosen Abschied mit einem „Auf Wiedersehen bis morgen“ oder eine Einladung zum Souper mit Papa oder einem Rendezvous bei der Abendtafel im Hotel oder in einem Dachgarten hoch oben, vierzig Stockwerke über der Erde, wenn es sehr heiß zu werden versprach. Gewöhnlich aber gehörte der Abend Fels allein und dann jagte er den kleinen Abenteuern im Chinesenviertel, in Matrosenschenken, in Spielsälen nach und lernte die geheimen Laster und Widernatürlichkeiten einer Stadt kennen, die tagsüber puritanische Sitten und gottergebene Einfalt heuchelt.

## Fünftes Kapitel

Durch Grace hatte Fels eine Reihe von vornehmen amerikanischen Familien kennen gelernt und junge Dandies, die ihn in ihre Klubs einführten. Von Unterhaltung war dort allerdings keine Rede, man trank und man spielte, das eine nach dem andern oder beides zusammen. Fels hielt beim Trinken gerne mit, weil er viel vertrug und genau wußte, wann er aufzuhören hatte, aber er war kein Spieler, spielte Karten ungern und schlecht. Nach seiner Theorie gab es nur zwei Möglichkeiten: entweder Spieler sein oder den Frauen huldigen. Niemals, sagte er, ist ein Spieler ein Don Juan, und niemand ist leichtere Beute, als die Frau des Spielers für den Nichtspieler. Da aber Fels in der Eroberung des Weibes eine der größten Köstlichkeiten des Lebens sah, so hatte er es vorgezogen, dem grünen Tisch ferne zu bleiben. Einmal nun wurde Fels an einem heißen Juniabend in einen Klub eingeführt, dessen Mitglieder fast ausschließlich aus Millionären bestanden und dessen Spielpartien schon oft genug in der Öffentlichkeit bekannt geworden waren. Neuerdings wurde im Westend-Klub nur mehr Roulette gespielt, und zwar mit einem Mindesteinsatz von zehn, einem Maximaleinsatz von tausend Dollar, so daß im Laufe einer Nacht oft Hunderttausende, man sprach sogar von Millionen, ihren Besitzer wechselten. Fels hatte an dem runden Tisch eine Zeitlang zugesehen, dann beschloß er, sein Glück zu versuchen. „Beim Glück wie beim Unglück gibt es Serien", sagte er sich, „und vor wenigen Monaten hat meine Glücksserie begonnen. Über Nacht bin ich zum reichen Manne geworden, alles andere ist mir geglückt, eines der schönsten und klügsten Mädchen von New York ist meine tägliche Gesellschaft – ich will sehen, ob die Serie andauert oder abreißt."

Fels warf ein Goldstück auf Rot und gewann, er verdoppelte und blieb bei Rot und gewann wieder. Er legte fünfmal hintereinander je einen Hundertdollarschein auf Rot und immer kam diese Farbe. Nun ließ er ein Spiel aus und wieder kam Rot. Auch das nächstemal spielte er nicht mit, und diesmal kam Schwarz. Fels legte zehn Scheine zu hundert Dollar vor den Bankhalter auf Schwarz und strich in voller Ruhe, während die Herren ringsumher schon auf ihn aufmerksam wurden, die doppelte

Summe ein. Das wiederholte sich dreimal und die Papierscheine häuften sich vor ihm. Er pausierte wieder und verfolgte sinnend die kleine Elfenbeinkugel, die vom blinden Zufall gejagt wird, von einem Zufall aber, der schließlich doch gewissen Regeln der Wahrscheinlichkeit unterworfen ist. Fels setzte Grad und Rot und gewann, Ungrad und Schwarz und strich den vierfachen Einsatz ein, seine Hand zitterte nicht, als er je einen Tausender auf Rot, Grad, acht, setzte, und quittierte lächelnd das Murmeln des Staunens, als ihm der Bankhalter vierzig tausend Dollar überreichte. Der Banknotenberg vor ihm wurde immer größer und ein Diener überreichte ihm lautlos ein mächtiges Portefeuille aus Wildleder, in dem ein Vermögen bequem verschwinden konnte. Der Bankhalter hatte enorme Verluste und erklärte, während er sich die feuchte Stirn trocknete, daß er die Bank abzugeben wünsche. Fels übernahm seinen Platz, und die ganze Gesellschaft, die auf etwa vierzig Herren angewachsen war, bemühte sich nun in dem Gefühl der Solidarität gegenüber diesem fremden Eindringling, Fels zugrunde zu richten. Banknoten und Schecks raschelten nur so durch die Luft, fast jeder der Herren setzte das Maximum von tausend Dollar und setzte auf drei, vier und fünf Chancen. Und da geschah etwas, was noch jahrelang in den Kreisen der Spielerwelt als unerhört besprochen wurde: Fünfmal hintereinander kam die Kugel auf Zero zu fallen und dem Bankhalter gehörten sämtliche Einsätze. Aber auch weiterhin kamen fast immer Ziffern, die nicht gesetzt worden waren, so daß jedes Spiel mit einem erheblichen Gewinn für Fels abschloß.

Die Stimmung unter den Spielern wurde immer aufgeregter, sie machte sich in Ausrufen wie „Unerhört!", „Verteufelt!" und Flüchen Luft, wie sie der wohlgesittete Yankee nur selten im Munde führt, und man drängte den Bankhalter fast ungestüm von seinem Platz. Fels aber lächelte ruhig und behaglich vor sich hin, und als ein Herr, der den guten deutschen Namen Hammerschlag führte, mit einem wütenden Fluch das letzte Blatt seines Scheckbuches ausfüllte, konnte sich Fels nicht versagen, ihn mit einer höflichen Verbeugung zu interpellieren: „Könnten Sie mir nicht sagen, Mister Hammerschlag, wieviel von dem Gewinn an Gasbomben, die Sie zur Vertilgung Ihrer ehemaligen Landsleute erzeugt haben, bis jetzt verloren gegangen ist?“

Der Befragte fuhr auf und wollte mit einer derben Grobheit antworten, aber es traf ihn ein so eiskalter, stählerner Blick, daß er es vorzog, die Beschimpfung unhörbar in sich hineinzumurmeln.

Immer wieder wechselten die Bankhalter; Fels gewann und verlor, aber er gewann immer mehr und öfters als er verlor, und als er um fünf Uhr morgens das Braunstein-Haus in der Sechsten Avenue, in dem sich der Westend-Klub befand, verließ, trug er in dem Portefeuille aus Wildleder, für das er dem Diener ein Trinkgeld von tausend Dollar gegeben hatte, einen Gewinn von achthunderttausend Dollar fort. „Das sind,“ sprach er zu sich, als er im frühen Sonnenlicht leicht und elastisch dem Waldorf-Astoria zuschritt, „in unserer armseligen deutschösterreichischen Währung ungefähr acht Millionen. Doppelt soviel, als der Betrag, der mich damals über Nacht zum reichen Mann gemacht hat. Meine Serie ist also noch nicht abgerissen!“

## Sechstes Kapitel

Im Hotel nahm Fels ein erquickendes, eiskaltes Bad, ließ sich rasieren und maniküren, frühstückte dann mit ungeheurem Appetit, absolvierte seinen Spazierritt und begab sich, bevor er Grace aufsuchte, per Autotaxi nach der City ins gigantisch hohe Woolworth-Gebäude, in dem sich die New-Yorker Bureaus des Baumwollmillionärs Kerens aus New-Orleans befanden. Kerens empfing den jungen Mann sehr freundlich, aber doch etwas befangen. Fels war ihm an sich sehr sympathisch, aber das tägliche Zusammensein des Wiener Herrn mit seiner Tochter, diese Freundschaft, die sogar nach den freien amerikanischen Begriffen das Maß des Erlaubten zu überschreiten begann, paßte ihm wenig, wenn er auch den unabhängigen, eigenwilligen Charakter seiner Tochter zu sehr kannte, um sie durch einen Widerspruch zu reizen. Obwohl Mister Kerens in politischer Beziehung Idealist war, so war er doch in erster Linie

„Businessman“ und als solchem konnte es ihm nicht gleichgültig sein, wer dereinst sein Schwiegersohn und schließlich der Erbe seines enormen Vermögens werden würde. Und von Fels wußte er so gut wie nichts, nur daß er durch ein Gespräch hie und da erfahren hatte, daß Fels Journalist gewesen, durch irgend ein unvorhergesehenes Geschäft ein Vermögen erworben und nunmehr die Absicht habe, als Flaneur und Bummler das Leben zu genießen. Allerdings hatte ihm Grace vor wenigen Tagen erst auf seine zögernde, vorsichtig vorgebrachte Frage kühl geantwortet, daß sie nach wie vor nicht daran denke, ihre Freiheit aufzugeben, und soviel sie wisse, habe Fels, auf dessen Freundschaft sie den größten Wert lege, in dieser Beziehung genau dieselben Ansichten wie sie. Kerens hatte damals erleichtert aufgeatmet, als aber nun Fels vor ihm stand, fürchtete er doch, daß die beiden inzwischen anderer Ansicht geworden seien und sich der sympathische Wiener Herr zu ihm begeben habe, um die Hand des Mädchens zu fordern. Um so angenehmer überrascht war der Baumwollspinner, als ihn Fels nach den üblichen Begrüßungsworten ersuchte, ihm bei der Anlage von etwa achthunderttausend Dollars in guten amerikanischen Papieren behilflich zu sein.

„Well,“ sagte Mister Kerens, „das hängt doch sehr davon ab, wie Sie das Geld jetzt angelegt haben. Deutsche und ganz besonders deutschösterreichische Papiere stehen niedrig im Kurs, ich möchte also wissen, mit welchem Verlust wir beim Verkauf rechnen müssen?“

„Mit gar keinem Verlust, Mister Kerens, denn ich will keine europäischen Papiere eintauschen, sondern schöne, gute Dollarscheine und Schecks, ebensogut wie bares Geld, in sichere, solide Aktien verwandeln. Hier in dieser sehr teuren Tasche befindet sich der ganze Betrag.“

Kerens riß Augen und Mund auf. In Amerika ist es Gepflogenheit, niemals eine größere Summe bei sich zu haben, sondern alles auf der Bank zu lassen und jede Rechnung mit Scheck zu bezahlen. Und nun führte dieses verrückte „Greenhorn“ ein derartiges Vermögen einfach mit sich spazieren, wie ein anderer Mensch einen Hund an der Leine.

„Menschenkind, Sie wollen doch nicht behaupten – –"

„Jawohl, ich will behaupten," lachte Fels, der das Entsetzen des alten Herrn sehr wohl verstand. Und er leerte das Portefeuille aus und legte die Päckchen von Banknoten und Schecks auf den Schreibtisch. „Dieser Reichtum ist nämlich sehr jungen Datums, kaum einige Stunden alt, und besteht aus Federn, die ich etlichen Goldvögeln ausgerupft habe." Er klärte Mister Kerens über die Ereignisse im Klub auf. Kerens pfiff vor sich hin und meinte bedächtig:

„Die Burschen, denen Sie das Geld abgenommen haben, tun mir wahrhaftig nicht leid! Aber ich will aufrichtig gegen Sie sein. Die Tatsache, daß Sie Spieler und noch dazu Roulettespieler sind, stört ein wenig das sympathische Bild, das ich mir von Ihnen gemacht habe."

„Mister Kerens," erwiderte Fels sehr ernst, „ich bin nicht nur kein Spieler, sondern Sie dürfen meinem Wort glauben, wenn ich Ihnen sage, daß ich in dieser Nacht zum erstenmal in meinem Leben hasardiert und zum erstenmal seit etwa zwanzig Jahren überhaupt gespielt habe. Und wahrscheinlich zum letztenmal für die nächsten zwanzig Jahre. Als eine einmalige ungewohnte Sensation war mir diese Nacht sehr interessant, mein Glück hat mich außerordentlich gefreut, und daraus, daß ich den Gewinn auf die solideste Weise anlegen werde, können Sie am besten ersehen, daß ich kein Spieler bin."

Erfreut streckte ihm Kerens die Hand entgegen. „Recht so, junger Mann, ich sehe, daß Sie das Leben wenn auch nicht mit amerikanischen Augen, aber doch verdammt ernsthaft betrachten. Und nun will ich Ihnen gerne meine gewissenhaftesten Ratschläge geben."

Eine Stunde später war die Angelegenheit mit Hilfe eines herbeigerufenen Maklers erledigt; die achthunderttausend Dollar verwandelten sich in bombensichere und reelle bundesstaatliche Anleihen und Bahnaktien. Fels kam eine gute Viertelstunde zu spät ins „Marborough", aber Grace war nicht die Frau, sich beleidigt zu fühlen. Auf die vorgebrachte Entschuldigung erklärte sie ruhig:

„Wenn Sie mich warten ließen, so ging es eben nicht anders. Denn erstens sind Sie nicht der Mann, der eine Dame warten läßt, und zweitens bin ich nicht die Dame, die von einem Herrn warten gelassen wird.“ Als ihr aber Fels in seiner drastischen und humorvollen Weise die Ereignisse der Nacht und des Vormittags schilderte, klatschte sie vergnügt in die Hände und sagte: „Diese prachtvolle Geschichte wollen wir heute mittags schon mit Sekt begießen, und zwar in irgend einem italienischen Restaurant, in dem man auch als Dame rauchen und einen kleinen Schwips bekommen darf.“

## Siebentes Kapitel

Von Mitte Juni an stellten sich tropische Hitzwellen ein, die einem lebhaft in Erinnerung brachten, daß New York auf einem Breitegrad mit Madrid liegt. Von Spaziergängen und Spazierritten konnte keine Rede mehr sein, weil auch ohne Bewegung der Schweiß über die Stirne rieselte und die Hitze so lähmend wirkte, daß man nach nichts Lust hatte als nach Eisgetränken, Ruhe und elektrisch betriebenen Windfächern, die Kühlung wenigstens vortäuschen. Zwischen Fels und Grace wurde jetzt viel vom Abschied gesprochen. Herr Kerens hatte noch etliche Tage dringend in New York zu tun, dann würde er mit Grace ein Hotel in den Catskill-Mountains aufsuchen, um dort die heißeste Zeit zu verbringen, und nachher für längeren Aufenthalt nach seinem eigentlichen Wohnsitz in New-Orleans reisen. Grace hatte Fels einmal flüchtig gefragt, ob er nicht Lust habe, den Hochsommer ebenfalls in den Bergen zu verbringen, aber er hatte keine bestimmte Antwort gegeben, sondern sie nur tief und lange angesehen.

Fels war sich über seine nächste Zukunft vollständig im Unklaren. Er wollte sich eigentlich die Vereinigten Staaten gründlich ansehen, konnte sich aber nicht entschließen, Grace zu verlassen, es zog ihn nach Europa zurück, aber die Gegenwart des Mädchens fesselte ihn mit eiserner Gewalt. Von Tag zu Tag liebte er dieses hyperkultivierte, schöne Geschöpf mehr und er fühlte, wie die aufflammende Leidenschaft in ihm alle Prinzipien verzehrte und ihn alles vergessen ließ über den Wunsch, Grace zu besitzen. Dabei war noch nie zwischen ihnen von Liebe die Rede gewesen, beide scheuten eine offene Aussprache, beide fürchteten von den Lippen des anderen das Pathos der Leidenschaft zu hören. Nur daß sich ihre Hände jetzt öfter berührten, daß sie, wenn sie in irgend einem exotischen Restaurant in einer Nische zusammensaßen, enger aneinander rückten, als notwendig war. Grace fühlte, wie die Blicke des Mannes immer versengender und begehrender wurden, und Fels, wie Grace unter seinen Blicken erschauerte und sie ihm mit weichem, feuchtem Glanz in den großen, dunklen Augen zurückgab.

Gewöhnlich pflegten sie in diesen heißen Tagen schon um zehn Uhr vormittags mit einem offenen, großen Auto, das Fels für den ganzen Tag gemietet hatte, irgendwo an die See, nach Manhattan Beach, an die Küste von New-Jersey oder noch weiter hinaus bis Long Branch zu fahren, um dort zu einer Zeit, wo nur ganz wenige Menschen am Strande zu sehen waren, eine Stunde oder mehr in den Wellen herumzuplätschern. Sie nahmen dann in einem der eleganten Strandhotels ihren Lunch ein und fuhren nachmittags, wenn sich die Küste und die Badehütten zu füllen begannen, mit Windeseile wieder nach der Stadt zurück.

Es war in den letzten Junitagen und der erste Juli war als Abreisetermin von Herrn Kerens festgesetzt worden. Die Luft flimmerte vor Hitze, die Sonne lag dampfend hinter einem feuchten Nebelschleier und man hatte das angenehme Empfinden, sich in der Nähe eines Reservoirs mit flüssigem Blei aufzuhalten. Fels hatte, trotzdem in seinem Schlafzimmer die ganze Nacht sich der Windfächer drehte, nicht schlafen können, und er war eben im Begriff, das Bett zu verlassen, obwohl es erst sechs Uhr morgens war, und sich unter die Brause zu stellen, als von seinem Telephon das Signal ertönte. Verwundert drückte er die Hörmuschel an das Ohr, aber sein Erstaunen über diesen frühzeitigen Anruf verwandelte sich in hellen Jubel, als er die Stimme von Grace hörte.

„Oskar,“ – sie waren schon bei der vertraulichen Anrede mit dem Vornamen angelangt – „wenn ich Sie aus dem Schlafe geweckt habe, so dürfen Sie fluchen.“

„Nein, teuerste Grace, die Hitze ließ mich überhaupt nicht schlafen und ich wollte mich eben unter das Wasser begeben, obwohl man nachher erst recht zu kochen beginnt.“

„So geht es auch mir, und deshalb habe ich Sie angerufen. Wissen Sie was, machen Sie sich rasch fertig, ziehen Sie Jimmy an den Ohren aus der Garage und holen Sie mich ab. Wir fahren nach Long Branch und bleiben bis spät abends dort. Papa hinterlasse ich einen Brief, sonst glaubt er, daß ich ihm endgültig durchgebrannt bin.“

„Grace, glauben Sie mir, daß ich vor Vergnügen Twostep tanze! Sie sind ein herrliches Mädel, und nun Schluß, in fünfzehn Minuten bin ich bei Ihnen.“

Eins, zwei hatte Fels sich angezogen, schon saß er im Barbierstuhl und stellte dem Barbier die Alternative, entweder in drei Minuten fertig zu sein und fünf Dollar zu bekommen oder niedergeboxt zu werden; inzwischen raste ein Boy nach der nahegelegenen Garage und die fünfzehn Minuten waren eben um, als er vor dem „Marborough“ anlangte. Kurz darauf sauste das achtzigpferdige Auto, von dem schwarzen Chauffeur Jimmy meisterhaft gesteuert, mit absolut gesetzwidriger Geschwindigkeit durch die noch menschenleeren Straßen, über die Brooklyner Brücke hinweg gegen Long Branch zu. Der elegante, vornehme Badeort lag noch recht still und verlassen da, als sie ihn nach kaum anderthalb Stunden erreicht hatten, und mit Hilfe eines kräftigen Trinkgeldes gelang es Fels, für sich und Grace eine ganze Badehütte, bestehend aus einer kleinen Terrasse und zwei Ankleidekammern, zu bekommen. Jimmy brachte ihnen nun aus dem Strand-Hotel ein opulentes Frühstück, das im Badekostüm im Schatten der Badehütte eingenommen wurde, und gegen alle Regeln der Medizin warfen sich die beiden jungen Menschen dann jauchzend den hochaufzischenden Wogen entgegen, um sich von ihnen peitschen, tragen und wiegen zu lassen. Und das immer Hand in Hand und mit immer heißer werdenden Sinnen und voll Freude über das Alleinsein und das Jungsein und ihre Liebe, von der nicht gesprochen werden mußte, weil sie der eine dem anderen offen und frei entgegentrug.

Müde, abgespannt und ein wenig fröstelnd legten sie sich wieder in den Sand, um sich von der Sonne trocknen zu lassen. Die Sonne war aber jetzt ganz hinter einer grüngrauen Wolke verschwunden, ein eigenartiger Wind ging durch die Luft, finster und immer finsterer wurde es und plötzlich prasselten Hagelkörner nieder, tobte und brüllte der Sturm in das aufgeregte Meer hinein, zuckten grelle Blitze über den Strand, mischte sich dumpfes Donnern in das Pfeifen und Dröhnen der Brandung.

Hand in Hand liefen Fels und Grace nach der Badehütte, die etwa hundert Meter vor ihnen lag. Und als ein neuer Blitz den schwarzen Himmel zerriß und im selben Augenblick ein wolkenbruchartiger Regen niederströmte, da schmiegte sie sich an ihn und er schlang den nackten Arm um den feuchten, schlanken, durch das Seidentrikot mehr enthüllten als verhüllten Körper und in der Dunkelheit der Badehütte taumelten sie einander in die Arme und Mund an Mund gepreßt vergaßen sie für Augenblicke die Welt um sich her, bis sich Grace schwer atmend losriß und in ihre Kammer schlüpfte.

Als sie angekleidet waren und bleich, selig, glücklich und erwartungsvoll in den Regen blickten, der alles in graues Wasser hüllte, erschien vergnügt grinsend, wie nur ein Neger grinsen kann, Jimmy mit zwei Schirmen und geleitete die beiden zum Auto. Es war nach der schrecklichen Hitze der letzten Tage herbstlich kalt geworden und im Wagen, dessen Verdeck nun aufgeschlagen war, hielt Fels das Mädchen fest in seinen Armen und trank immer neue Küsse von ihren vollen, weichen, heißen Lippen. So kamen sie an die Peripherie der Sechsmillionenstadt. Grace löste sich langsam aus seinen Armen, sah ihn mit ihren Augen, in denen jetzt ein seltsames Feuer leuchtete, voll und ganz an und sagte:

„Oskar, wenn ich jetzt ein gut erzogenes deutsches Mädchen wäre, so würde ich sehr verschämt tun, obwohl ich voll Freude bin; und mich wehren und sträuben, obwohl ich weiß, daß ich gar nicht mehr anders kann, als dir gehören, und schließlich würde ich mich von dir doch verführen lassen, weil es sich nun einmal so gehört, daß ein anständiges junges Mädchen nicht anders erzwungen wird, als durch Verführung oder durch die Ehe. Ich bin aber anders und mir ist gar nicht nach Komödienspiel zumute, und ich will, daß du mich jetzt irgendwohin bringst, wo wir ganz allein sind!"

Fels preßte das junge Weib schweigend an sich und küßte Grace immer wieder, dann aber stieg in ihm eine leichte Verlegenheit auf. Grace sah ihn mit halb geöffneten Augen an und ein Lächeln huschte über ihr Gesicht.

„Oskar, du bist ratlos, nicht wahr, – nun, laß das nur mich machen, wir amerikanischen Mädeln hören und lesen und wissen genug, um nicht hilflos zu sein ..." Und sie nahm das Sprachrohr und rief Jimmy zu, er möge nach der Achten Avenue fahren und an der Ecke der Vierzigsten Straße halten.

Es regnete noch immer, Grace hielt den Schirm so, daß ihr kaum jemand ins Gesicht sehen konnte, und rasch schritt sie die stille Vierzigste Straße entlang, die wie ausgestorben ist, während durch die Achte und Siebente Avenue der Verkehr wogt. An jedem der gleichförmigen braunen Sandsteinhäuser hing ein Zettel mit der Aufschrift: „Zimmer zu vermieten". Vor einem der Häuser, hinter dessen Parterrefenster ein schwarzes Stubenmädchen saß, blieb Grace stehen, flüsterte Fels rasch einige Verhaltungsmaßregeln zu und schon schritten sie die wenigen Stufen zur Haustüre hinauf. Sie brauchten nicht anzuläuten, denn die Negerin hatte schon geöffnet und ließ sie eintreten.

„Die Herrschaften wünschen ein möbliertes Zimmer oder ein Appartement?"

„Ein Appartement," erwiderte Fels, während Grace im Hintergrund der in Halbdunkel gehüllten Vorhalle stehen blieb.

„Bitte“; die Negerin eilte voraus und öffnete im ersten Stockwerk die Türe zu zwei mit nüchterner Eleganz möblierten Zimmern, einem Salon und einem anstoßenden Schlafzimmer.

„Die Herrschaften wollen gleich einziehen und das Gepäck kommt später, nicht wahr?“

„Jawohl,“ lautete die Antwort, und Fels war innerlich über diese kleine diskrete Komödie amüsiert.

„Der Mietpreis für eine Woche beträgt fünfzig Dollar.“

Fels zahlte, gab ein fürstliches Trinkgeld und die Negerin verschwand. Grace und Fels waren allein.

Schweigend sahen sie sich in die Augen, dann schlang Grace die Arme um ihn und mit einem Aufschrei preßte er sie an sich.

Es war fast Mitternacht, als Grace im „Marborough“ erschien und ihrem Vater, der sie erwartete, zärtlich die Stirne küßte und sagte:

„Ich bin in Gesellschaft in Long Branch gewesen. Fels war auch mit. Wir wurden tüchtig eingeregnet, es war aber doch sehr schön. Und jetzt bin ich müde und will schlafen gehen.“

## Achtes Kapitel

„Ich weiß ganz genau, was du mir sagen willst,“ erklärte Grace lachend, während sie Fels den Mund mit der Hand verschloß. „Du willst jetzt sehr feierlich das tun, was die übrigen Ehrenmänner hier und in Europa tun würden, und mir mitteilen, daß du nach den gestrigen Ereignissen es für deine Pflicht hältst, unseren Bund nun auch vor Gesetz und Altar zu knüpfen.“ Und als Fels sie zustimmend auf die Augen küßte, fuhr sie fort:

„Ich aber sage dir darauf etwas, was allerdings die anderen hundert Millionen Mädchen, besonders wenn sie sich in einer sozialen Stellung befinden, nicht sagen würden: Ich erkläre nämlich hiemit ebenso feierlich, daß der gestrige Tag an meinen Ansichten und Plänen nichts ändern kann. Liebster, runde nicht die Stirn, das steht dir gar nicht gut, zeig' mir lieber dein frivoles Lachen, mit dem du mich gefangen genommen hast, – so ist es gut – und nun höre mich an: Ich bin dein und ich glaube, daß ich auch dein bleiben werde. Du kommst jetzt mit uns nach den Catskills oder, falls du anderes vor hast, kommst du nicht mit. Und immer, wann es mir und dir paßt, werden wir uns hier in New York oder in meiner Heimat in New-Orleans oder in Paris, London, Berlin oder Wien treffen. Und dann werden wir wundervolle, schöne Tage miteinander verbringen, immer wird uns ein neues Glück erblühen. Und wir werden uns unseres Glückes tausendfach freuen, weil wir es nur verstohlen genießen werden können, und jedes Zusammensein wird uns ein anderes herrliches Abenteuer sein. Und vielleicht werde ich dich eines Tages nicht mehr mögen oder du wirst genug von mir haben, dann werden wir uns das als freie Menschen ehrlich und offen eingestehen und ohne Groll auseinandergehen. Oder wir werden uns immer lieben und so in unserer freien, ungebundenen Liebe älter und ruhiger werden und beide das Bedürfnis haben, im eigenen Heim beieinander zu bleiben, dann können wir uns noch immer verheiraten und unseren Lebensabend als wohlanständige Menschen beschließen. Aber jetzt dürfen Menschen, wie wir es sind, sich noch nicht binden. Glaube mir, es wäre jammerschade, wenn wir unsere schöne, sonnige, herrliche Liebe einkochen und auf Vorrat konservieren wollten. Ich weiß ganz genau, daß das alles so banal enden würde, wie bei den anderen Leuten, über die wir uns so gerne lustig machen. Eines Tages würde ich dir etwas erzählen und du würdest ein wenig gähnen und dich dann mit Abspannung entschuldigen, oder du würdest etwas sagen und ich würde gereizt erwidern, daß du das schon mehrmals gesagt hast, und dann müßte der Tag kommen, wo jeder die Gedanken und Weisheiten des anderen auswendig kennt, und damit beginnt dieses gegenseitige Sich-Belauern, um Unschönes aneinander zu entdecken, dieser furchtbare Überdruß, der vertausendfacht wird, weil man einander nicht entgehen kann, und dieser Überdruß geht in Haß über oder in Gleichgültigkeit, die ärger ist als Haß. Nein, Darling, so soll es bei uns nicht werden! Immer wollen wir uns aneinander erfreuen, jedes Zusammensein soll ein Festtag sein. Nicht wahr, du gibst mir recht und denkst genau so wie ich, wenn du auch einen Moment hattest, in dem dich der Allerweltsspießbürger ritt!"

„Ja, mein Liebes, du hast recht und es soll so sein, wie du es vorschlägst."

Diese Unterredung fand wieder in dem Appartement in der Vierzigsten Straße statt, dessen Betreten sich genau so abgespielt hatte, wie am Tage vorher. Die Negerin fragte, ob die Herrschaften Zimmer mieten wollten, stellte fest, daß das Gepäck wahrscheinlich später kommen würde und der Mietpreis für eine Woche im voraus zu bezahlen sei.

Am zweitnächsten Tage sollte Grace mit ihrem Vater nach den Catskills fahren und Fels war noch nicht ganz entschlossen, mitzuhalten. Grace selbst hatte einige Bedenken dagegen. Schon tuschelte man in den Kreisen der „upper fourhundred" über das häufige Zusammensein mit dem „Fremden", von dem man nichts wußte, als daß er weder der „Sohn" eines Bankhauses noch der einer europäischen Eisenfirma sei, wie es sich, wenn man schon das Unglück habe, nicht Amerikaner zu sein, doch schicke. Würde nun Fels gleichzeitig mit ihr im Mountain-Haus auftauchen, ohne daß die Verlobung erklärt wird, so riskierte man die bösartigsten Klatschereien, denen Grace lediglich aus Rücksicht für ihren Vater gerne entgangen wäre. Außerdem hätten sie in dem riesigen Landhotel kaum Gelegenheit, oft allein zu sein, so daß der gemeinsame Aufenthalt für sie mehr Qualen als Freuden gebracht hätte. Beide kamen aber noch zu keinem endgültigen Entschluß und wollten ihn bis zum nächsten Tag verschieben.

## Neuntes Kapitel

An diesem Abend ging Fels, nachdem er das Souper mit Grace und Mister Kerens auf dem Dachgarten des St. Regis eingenommen hatte, in die untere Stadt, um in dem Viertel, das vorzugsweise von Österreichern und Ungarn bewohnt war, ein Kaffeehaus nach Wiener Art aufzusuchen. Am Vormittag war ein deutscher Schnelldampfer angekommen, der die

Zeitungen mit sich geführt haben mußte, und Fels hielt sich gerne durch ein flüchtiges Durchlesen der Wiener Blätter auf dem Laufenden. Es war recht voll im „Café Austria“ und ein undefinierbarer Geruch nach einem Gemisch von Gulyasch, Apfelstrudel, Melange und Virginiazigarren wurde durch die Windfächer umhergewirbelt. Fels sah mehrere bekannte Gesichter unter den Gästen, Leute, die nach dem Krieg ihr Fortkommen in der alten Heimat nicht mehr finden konnten und ausgewandert waren, um in Amerika ein noch erbärmlicheres Dasein zu führen; in einem Herrn erkannte Fels einen ehemaligen Wiener Advokaturskonzipienten, der seinem Chef mit zwanzigtausend Kronen durchgebrannt war, und als der Kellner auf Fels zutrat, um ihn nach seinen Wünschen zu fragen, fuhr er peinlich berührt zusammen. Dieser Kellner mit dem bleichen, müden, abgemagerten Gesicht war in demselben Bataillon, das Fels als Oberleutnant geführt hatte, Leutnant gewesen, ein schneidiger, mutiger Bursch, der mit Fels und später auch mit Dr. Bär zusammen oft genug geglaubt hatte, daß sie die nächsten Stunden nicht überleben würden. Als der Krieg ausbrach, war er noch ohne Beruf gewesen, da er eben erst das zweite Semester Juris hinter sich hatte. Und nun fand ihn Fels nach fast drei Jahren wieder als Kellner in einem schäbigen Lokal, in dem schwerlich die Stammgäste über so viel Wissen, Anstand und gute Erziehung verfügten wie der Kellner, der ihnen die heimatlichen Gerichte herbeischleppen mußte. Fels schwankte, ob er sich dem ehemaligen Kriegskameraden bemerkbar machen sollte. Schließlich tat er es doch, da er dachte, daß dem armen Kerl sein Mitgefühl dienlicher sein könnte als sein Taktempfinden. Aber er verschob dies auf später, wenn sich die Schar der Gäste gelichtet haben würde. Vorläufig versenkte er sich in die Lektüre der neuen Nummern der „Weltpresse“, und mit einem gewissen Behagen stellte er fest, daß ersichtlicherweise für ihn kein würdiger Ersatz gefunden worden war. Eben wollte er die letzte Nummer beiseite legen, als sein Auge noch über die „Personalnachrichten“ glitt und an einer Notiz haften blieb: „Herr August Langer, Chef der Firma August Langer, Maschinenfabriksgesellschaft mit beschränkter Haftung, ist an einem Lungenspitzenkatarrh erkrankt und hat sich in die Kuranstalt Semmering begeben. Herr Langer wurde bekanntlich im Februar durch den gleichzeitigen Verlust seiner Gattin und Schwägerin, die beide auf noch unaufgeklärte Weise einem Raubmord zum Opfer fielen, schwer betroffen."

Fels kaute an seiner Unterlippe, wie immer, wenn ihn Gedanken schwer beschäftigten, und starrte vor sich hin. Die Erinnerung an vergangene Tage, die nicht einmal ein halbes Jahr von heute trennte, stieg in ihm auf. Wenige Monate und doch eine Welt an Geschehnissen und Erlebnissen. Warum aber mußte diese Erinnerung gerade heute kommen, an diesem Tage, der ihm zum schönsten, freudigsten seines Lebens geworden war! Und die Schatten der Vergangenheit legten sich ihm schwer auf das Gemüt und verfinsterten die Sonne des Glückes, die ihn vor einigen Minuten noch umstrahlt hatte.

Mit einem energischen Ruck richtete sich Fels auf und seine Hand beschrieb einen Strich in der Luft, als würde sie damit gewaltsam ein Kapitel beenden, ein Schlußzeichen machen. Es war ein Uhr morgens geworden, das Lokal fast leer, nur einige unermüdliche Poker- und Tarockspieler schlugen an zwei Tischen noch ihre Karten heftig auf das grüne Tuch. Der Kellner aber stand an die Kassa gelehnt und blickte aus den müden Augen teilnahmslos vor sich hin. Fels rief ihn durch ein leises Klopfen an das Glas zu sich. In einem grotesk schlechten Englisch fragte der Kellner nach den Befehlen des Gastes. Fels sah ihm voll ins Gesicht und erwiderte deutsch:

„Wir sind nicht im Schützengraben, lieber Winzer, und ich habe Ihnen nichts mehr zu befehlen."

Sprachlos starrte ihn der Kellner an, dann ging eine Blutwelle über das hübsche, intelligente Gesicht, und er stammelte die Worte hervor:

„Himmel, Fels, du bist – Sie sind es?"

„Das ›Sie‹ möchte ich mir ausgebeten haben! Wir waren ›du‹ im Schützengraben, auf Retablierung und in der Etappe, und so bleibt es auch heute dabei."

Wie ein Schluchzen kam es aus der Kehle des Kellners: „Oh, wenn wir doch noch im Schützengraben wären! Wie herrlich war diese Zeit mit ihren Gefahren und Entbehrungen, verglichen mit dem Heute! Für mich wenigstens, – für Sie – –“

„Für dich meinst du wohl!“

„Also für dich scheint es ja heute besser zu sein als damals.“ Und ein prüfender Blick voll Neid und Schmerz glitt über den eleganten, hell gekleideten Gast.

„Ja, da hast du recht, mir geht es gut, viel besser sogar, als ich es eigentlich verdiene, während es dir ja nicht gelungen zu sein scheint. Aber bitte, übergib deine Ledertasche irgend einem der Kerle, die hier herumstehen, und setze dich als Gast zu mir, oder, besser noch, wir suchen ein anderes Lokal auf.“

Das war rasch geschehen. Winzer rechnete mit einem „Kollegen“ ab, vertauschte das Kellnersakko mit einem Rock, dem man die Schicksale seines auf die Rutschbahn geratenen Besitzers unschwer anmerkte, und nach wenigen Minuten saßen die Freunde im „Little Hungary“, einem von der vornehmen Lebewelt frequentierten ungarischen Weinlokal, vor einem kalten Imbiß und einer Flasche Sekt. Und Winzer erzählte:

„Mein Schicksal ist so banal, wie das von tausend anderen. Nach deiner Enthebung im Jahre neunzehnhundertsiebzehn blieb ich draußen, machte die siegreiche Offensive im Herbst mit, bezog im Winter wieder eine Stellung in den Bergen, entkam bei der mißglückten Frühjahrsoffensive wie durch ein Wunder dem sicheren Tod und geriet zum guten Schluß bei dem Zusammenbruch im November neunzehnhundertachtzehn noch in Kriegsgefangenschaft. Es gelang mir aber, zu entfliehen, und zu Weihnachten war ich wieder in Wien. Was sollte ich nun anfangen? Als der Krieg ausbrach, war ich dreiundzwanzig Jahre alt und nun beinahe achtundzwanzig. Mein alter Herr konnte bei der rasenden Teuerung mit seiner Pension gerade mit Anstand verhungern. Vom Weiterstudieren war keine Rede, alle in Betracht kommenden Stellungen waren besetzt, Zivilkleider hatte ich keine, mein ganzes Gepäck nahmen mir bei der Heimfahrt die wackeren Jugoslawen ab, der Mann meiner Schwester war in russischer Kriegsgefangenschaft gestorben und das arme Mädel mußte froh sein, sich als Stenotypistin ihr Brot verdienen zu können, – das also war die Heimat, die mich begrüßte. Im Frühjahr starb mein Vater in Graz, – an Altersschwäche behauptete der Totenschein, an Unterernährung in Wirklichkeit, und jetzt band mich nichts mehr an das Vaterland. Ich pumpte mir bei einigen Tanten und Onkeln ein paar Tausender zusammen und fuhr eines Tages nach Amerika, wo ich ohne Kenntnis der englischen Sprache mit ganzen hundert Dollars ankam. Das andere kannst du dir denken. Um fünf Uhr morgens stand ich Tag für Tag vor der ›Staatszeitung‹, um die ausgeschriebenen Stellen zu studieren, und konnte nichts finden. Immer war schon ein anderer genommen worden, gleichgültig, ob ich mich um einen Posten als Geschirrabwascher oder als Nachtwächter in einem Warenhaus bewarb. Bis ich auf der Straße lag, ohne Geld, ohne Obdach, ohne Aussichten. Im Café Austria' hatte ich, solange ich noch einen Dollar besaß, als Gast verkehrt, und als ich mich nach meiner ersten obdachlosen Nacht im Zentralpark dorthin begab, um einen Kaffee schuldig zu bleiben, da sah mir der Wirt, Herr Janowitzer, unschwer mein ganzes Elend an und rettete mir vielleicht das Leben, indem er mich aufforderte, bei ihm als Hilfskellner zu bleiben. Das ist nun schon nahezu zwei Jahre her, ich habe satt zu essen, verdiene gerade genug, um mir ein anständiges, sauberes Zimmer leisten und an meinem freien Tag ein Bad aufsuchen zu können, und wenn ich mein zwanzigjähriges Kellnerjubiläum feiern werde, wird die ›Staatszeitung‹ sicher im Abendblatt mein Bild bringen. Vorausgesetzt, daß ich nicht bald wieder stellenlos bin, denn der Herr Janowitzer will verkaufen, und es fragt sich sehr, ob mich ein neuer Besitzer nicht hinausschmeißt."

Fels hatte schweigend zugehört, nur bei den letzten Worten leuchtete es in seinen Augen auf. Er zahlte rasch und führte Winzer, während er in großen Zügen von seinen Schicksalen erzählte, zurück in das „Café Austria".

„Komm noch hinein, ich habe etwas vergessen." Der Wirt, Herr Janowitzer, war eben damit beschäftigt, den letzten spielenden Gästen heftig zuzureden, endlich schlafen zu gehen, als Fels mit seinem Kellner eintrat. „Herr Janowitzer," wandte sich Fels an ihn, „bevor Sie selbst schlafen gehen, möchte ich gern noch ein kleines Geschäft mit Ihnen besprechen. Ich höre, daß Sie das ›Café Austria‹ verkaufen wollen?"

„Jawohl," antwortete der behäbige Wiener Cafetier mit einem erstaunten Blick auf seinen Kellner.

„Gut; ich verstehe unter Verkauf die Übertragung der Lizenz, Übergabe des Lokales samt Einrichtung, Geschirr, Wäsche und so weiter und die Verpflichtung, in einem Umkreis von einer Meile nach allen vier Richtungen innerhalb der nächsten fünf Jahre kein anderes Kaffeehaus zu errichten, noch sich an einem solchen direkt oder indirekt zu beteiligen. Wie hoch wäre unter solchen Umständen die Verkaufssumme?"

Der Wirt überlegte einen Augenblick und sagte dann:

„Zehntausend Dollar, aber bar innerhalb vierundzwanzig Stunden auszuzahlen."

„Viel Geld, aber ich mache das Geschäft. Bitte um Tinte und Papier, damit wir den Kaufvertrag sofort festlegen."

Herr Janowitzer schüttelte vollständig verwirrt den Kopf, Winzer starrte verblüfft drein, aber schon war in wenigen Worten der Vertrag entworfen, Fels schrieb einen Scheck von zehntausend Dollar auf die Nassau-Bank aus und damit war er Besitzer des gutgehenden „Café Austria" geworden. Nicht für mehr als zehn Minuten, denn er nahm noch einen Bogen Papier und beschrieb ihn hastig mit großen, steilen Worten und überreichte ihn dann dem Freund. Es war eine schriftliche Schenkung, die nun Winzer zum Alleinbesitzer des Lokales machte. Fels verhinderte, als sie wieder auf der Straße waren, jede Dankeskundgebung, indem er hastig seine Idee auseinandersetzte.

„Siehst du, mein lieber Junge, ich hätte dir ja einfach Geld schenken können, mit dem du sicher bald fertig geworden wärest. Oder ich hätte dir durch meine Beziehungen irgend eine Stelle als Clerk mit fünfzehn Dollar verschaffen können, knapp genug, um nicht zu verhungern. Da ich dir aber für eine solche Stellung keinerlei Talent zumute, so würdest du sie früher oder später wieder verloren haben, keinesfalls hätte eine gute Zukunft dabei herausgeschaut. Cafetier sein, ist aber für einen intelligenten, gebildeten Menschen, der so wie du durch widerwärtige Umstände das Geschäft gründlich erlernt hat, etwas sehr Leichtes, nebenbei etwas Honoriges und sehr Aussichtsreiches. Wenn du fleißig bist und deine Phantasie spielen läßt, so kannst du sogar Millionär werden, um was ich dich dringend bitten möchte. Ich würde die Sache so anpacken: Langsam, aber sicher, immer feinere Speisen servieren, den Bierausschank einstellen und nur mehr Wein halten, ein paar kräftige Inserate aufgeben, ein gutes Wiener Quartett engagieren und auf ja und nein kommen die vornehmen Leute zu dir und dann bist du ein gemachter Mann. Bereite jetzt im Sommer alles vor, im Herbst werde ich dich dann unterstützen können. Und nun leb' wohl, alter Junge, ich will schlafen gehen." Bevor Winzer, der noch immer wie im Traume einherging, etwas erwidern konnte, hatte sich Fels auf eine Trambahn geschwungen.

Winzer befolgte die Ratschläge des Freundes buchstäblich und fuhr gut dabei. Als Fels im Herbst wieder nach New York kam, lotste er nicht nur Grace und ihren Papa, sondern auch sonst die feudalste Gesellschaft, die er zusammentrommeln konnte, in das „Café Austria" und auf seine Veranlassung erschienen in der „World", im „Herald" und in der „Sun" mehrfache Notizen, die das bescheidene Lokal in der Zweiten Avenue als Rendezvousort der oberen Vierhundert schilderten und die Anwesenheit dieses und jenes Plutokraten, einmal sogar des Vizepräsidenten der Vereinigten Staaten, feststellten. Damit war das Glück Winzers gemacht. Bis in die Morgenstunden floß im „Café Austria" der Sekt in Strömen, und die Tageslosungen gingen oft in die Tausende. Ein paar Jahre noch und Winzer hatte wirklich alle Aussicht, Millionär zu werden.

Fels fuhr nicht mit Grace in die Berge, sondern begab sich nach dem Westen, um das wirkliche Amerika kennen zu lernen. Er bummelte durch

Chicago und stellte fest, daß dies die abscheulichste und wüsteste Großstadt der Welt sei, er konnte dem Niagarafall durchaus keine Begeisterung abgewinnen, da er ihn zu sehr an die Budenwunder des Praters erinnerte, er sauste im Expreßzug mit hundertzwanzig Kilometer Geschwindigkeit in der Stunde nach der pazifischen Küste, wo er in San Francisco und in Los Angeles Ansätze zu einer eigenen amerikanischen westlichen Kultur entdeckte, und durch den hohen Norden Kanadas kehrte er im September nach New York zurück, wo inzwischen Grace schon eingetroffen war. Während der ganzen Reise aber war er von zwei Gedanken beherrscht gewesen: Der Sehnsucht nach Grace und dem unklaren Empfinden, daß er bald nach Wien zurückkehren müsse. Eine geheimnisvolle Macht, ein seltsamer, ihm unerklärlicher Magnetismus zog ihn dorthin zurück. Er sehnte sich durchaus nicht nach Wien, aber es war ihm, als ob er gegen seine Bestimmung verstoße, wenn er nicht so rasch als möglich in die Stadt zurückkehren würde, in der alles, was sein Schicksal ausmachte, entstanden und geworden war.

Den ganzen Herbst verbrachte Fels in fast ununterbrochener Gemeinschaft mit Grace, mit der er sich von Tag zu Tag inniger verwachsen, unlösbar verbunden fühlte. Und Grace konnte in seinen Armen ganz zum hingebenden Weibe werden, das an Selbstbestimmungsrecht und Stolz vergaß. In den nüchternen, ruhigen Stunden aber wich und wankte sie von ihren Überzeugungen nicht, daß diese Art des ungebundenen Zusammenlebens die einzige sei, die ihrem Wesen entspräche. Fels versuchte sie in dieser Beziehung nicht mehr zu beeinflussen, um so mehr aber Herr Kerens. Er verlangte eines Tages fast kategorisch, daß Grace entweder den Verkehr mit Fels abbrechen oder aber sich mit ihm verheiraten möge. Grace hörte ihn ruhig an und erwiderte dann mit jener eisernen Ruhe, die ihr Vater als Zeichen ihres absoluten Willens kannte:

„Schau, Papa, wir sind bisher gut miteinander ausgekommen, nicht wahr? Ich kenne dich als den zärtlichsten aller Väter, und du weißt, daß ich deine Gesellschaft abends der aller anderen Leute vorziehe. Bringe also keinen Mißton zwischen uns. Ich werde nicht heiraten und den

Verkehr mit Fels auch nicht aufgeben. Zwingen lasse ich mich weder zu dem einen noch zu dem anderen. Ich kann nicht dein Leben und nicht das der Frau X. und des Herrn Y., die sich über mich chokieren mögen, führen, sondern nur mein eigenes. Und mein Leben ist mir so, wie es jetzt ist, am liebsten und angenehmsten."

Herr Kerens schwieg und kam auf seine Bitte nicht mehr zurück.

Fels und Grace hatten nunmehr folgendes für die Zukunft beschlossen: Fels sollte in den ersten Dezembertagen Amerika verlassen und nach Wien fahren, während Grace Weihnachten und Neujahr bei ihrem Vater in New-Orleans bleiben und dann den Karneval mit ihrem Freunde in Wien verbringen würde.

## Zehntes Kapitel

Der Zufall fügte es, daß Fels die Heimreise wieder an Bord der „Deutschen Republik" zurücklegte, da dieses Schiff am fünften Dezember von Hoboken abdampfte. Grace begleitete ihn an Bord, und als sie in seiner Kajüte die Abschiedsküsse tauschten, sagte sie im letzten Augenblick, da das Signal zum Verlassen des Schiffes schon gegeben wurde:

„Oskar, eines will ich dir noch sagen: du mußt mir nicht treu bleiben! Das, was ich dir bin, kann dir doch so bald keine andere werden, und die kleinen Abenteuer einer Laune interessieren mich nicht. Die Hauptsache ist, daß du mir nicht zum Philister wirst, – das ist das einzige, was ich dir nicht verzeihen könnte."

Fels drückte ihre Hände, daß sie vor Schmerz fast aufgeschrien hätte, und preßte heiser vor Erregung die Worte hervor:

„Wirklich, alles sonst könntest du mir verzeihen, alles? O Grace, es kann die Stunde kommen, da du wortbrüchig wirst!"

Grace sah ihn groß und fragend an: „Nein, Oskar, so lange ich dich liebe, nicht!"

Die Ankerkette rasselte, langsam pfauchte der Riesenleib des Schiffes aus dem Hafen hinaus und Fels stand noch immer wie traumverloren, sinnend und in die Ferne blickend. Kaum aber hatte die „Deutsche Republik" die amerikanischen Hoheitsgewässer verlassen, als ein Herr auch schon in seiner Kajüte eine Miniatur-Roulette auflegte und einige Passagiere, die ihm vertrauenswürdig und zahlungsfähig erschienen, zu einem kleinen Jeu mit bescheidenen Einsätzen aufforderte. Da der Seegang heftig und das Wetter unsichtig und unfreundlich war, versammelten sich rasch etwa ein Dutzend Herren in der geräumigen Kabine, um sich die Stunden bis zum Souper zu vertreiben. Fels, an den ebenfalls die Aufforderung ergangen war, hatte zuerst abgelehnt, aber einem plötzlichen Impulse folgend, begab er sich dann doch zu der Gesellschaft. Er wollte wissen, ob seine Glücksserie noch andauerte oder aber das Schicksal geneigt war, sie jäh zu zerreißen. Mit raschen, weiten Schritten trat er an den Tisch heran, warf einen Hundertdollarschein auf die erste Zahl, die er sah, und verfolgte mit fast beklemmender Spannung den rasenden Lauf der Kugel. Sie zitterte, zuckte, schwankte hin und her und fiel dann in die Vertiefung, die die von Fels gesetzte Ziffer trug. „Das Glück hat geschwankt und sich doch für mich entschlossen," dachte Fels, und nonchalant steckte er die dreitausendfünfhundert Dollar, die ihm der freundliche Roulettebesitzer zuschob, in die Hosentasche und dann verließ er die Kajüte und wußte ganz genau, daß der Bankhalter hinter ihm her etwas von einem „Schmutzian, der auf Raub ausgeht", murmeln würde.

Nach dem Souper trank Fels in Gesellschaft eines deutschen Herrn, der seit zwanzig Jahren in Mexiko ansässig war, seinen Whisky. Im Laufe des Gespräches erzählte Fels, daß er die Reise nach Amerika vor mehr als einem halben Jahr mit demselben Schiff gemacht habe und von der Verhaftung des Londoner Mörders am Schluß der Reise, der in der Zwischenzeit ausgeliefert und in London hingerichtet worden war. Der Mexikaner meinte achselzuckend: „Wenn man ein Verbrecher ist, darf man wenigstens nicht dumm sein. Warum ist dieser Idiot nach den Vereinigten Staaten geflüchtet, wo man ganz sicher erwischt und ebenso sicher ausgeliefert wird? Hätte er sich an Bord eines mexikanischen Schiffes – es gibt ja seit dem Kriege auch solche – nach Mexiko begeben, so wäre er heute in absoluter Sicherheit. Mexiko ist heute das einzige Land auf der Welt, das keinen Verbrecher ausliefert. Alle Versuche europäischer Staaten, einen Auslieferungsvertrag durchzusetzen, scheitern am Widerstande unserer Regierung."

„Und wie wird dieser Widerstand begründet?"

„Mit faulen Ausreden natürlich. In Wirklichkeit sträubt man sich dagegen, weil man dann auch mit den Vereinigten Staaten einen gegenseitigen Auslieferungsvertrag abschließen müßte. Und das will man um keinen Preis, weil es unserer Regierung nur recht und bequem ist, wenn sie einerseits amerikanische Gauner in ihrer Obhut hat, andererseits ihre gediegensten Spitzbuben über die Grenze hinüberflüchten, ohne daß man riskiert, sie wieder zu bekommen."

Immer heftiger wurde das Schlingern und Stampfen des Schiffes, der Sturm heulte und klagte und Fels hatte Mühe, aufrecht in seine Kabine zu kommen. Bald schlief er ein, aber sein Schlaf war unruhig und seine Träume woben das Roulettespiel, Grace, das „Café Austria", in dem er noch nachts vorher gewesen war, und Schwerverbrecher, die durch einen Triumphbogen mexikanischen Boden betraten, phantastisch durcheinander.

## 3. Teil

### Erstes Kapitel

Silvesterfeier bei Direktor Büxel. Die kleine Frau wirft noch einmal einen Blick auf das Tafelarrangement und denkt seufzend und angestrengt nach, ob die Tischordnung auch wirklich genau so ist, wie sie sein soll. Das ist bei ihrer eigenartigen, aus Bohème und Bankwelt,

Künstlerkreisen und Lebewelt zusammengesetzten Gesellschaft, ein schwieriges Werk. Man muß höllisch aufpassen, um die Dreiecke nicht auseinanderzureißen, keimende Beziehungen nicht zu stören, nicht Eifersuchtsszenen hervorzurufen. Und dann hatte man schließlich auch seine eigenen kleinen Absichten und wollte den Flirt zwischen dem Architekten und der Soubrette des Carl-Theaters nicht fördern, während man allerlei Ursachen kannte, diesen Architekten in Fühlung mit der geschiedenen Frau X. zu bringen, der Soubrette aber den süßholzraspelnden Historiker anzuhängen. So – und nun konnten die Gäste aus dem Salon ins Speisezimmer gerufen werden. Der ganze Stammtisch aus dem „Café Zentral“ und noch viele andere Bekannte waren gekommen, Ehren- und Sensationsgast aber bildete heute Oskar Fels, der, vor wenigen Tagen nach Wien zurückgekehrt, aber bis zum heutigen Abend unsichtbar geblieben war. Als Tischdame bekam er die Hausfrau, während Dr. Bär mit einer jungen, ätherischen Schriftstellerin, die in ihrer ganz eigenen, von den Autoritäten nicht beglaubigten Orthographie die größten Schlüpfrigkeiten niederschrieb, ihr Gegenüber bildeten. Die Tafel verlief sehr animiert, Direktor Büxel erwies sich wieder als Rekordesser und ließ nur ab und zu in seinem gemütlichen schwäbischen Dialekt eine höchst unpassende Bemerkung fallen, die seine Frau jedesmal zu einem protestierenden „Aber Hansi!“ veranlaßte. Die allgemeine Aufmerksamkeit konzentrierte sich auf Fels, der immer wieder alle Fragen nach seinen amerikanischen Erlebnissen beantworten mußte. Beim Champagner, zwischen Eis und Früchten erzählte er dann in seiner plastischen, farbigen Art von der großen Spielpartie im Westend-Klub, und die Aufregung unter den Gästen war enorm. Acht Millionen Kronen in einer Nacht gewonnen, – das übertraf die abenteuerlichsten Kartenpartien im Jockey-Klub; jeder rechnete sich schnell die Zinsen dieses Vermögens aus und dem Direktor blieb beinahe ein halber Pfirsich im Munde stecken. „Acht Millionen,“ schrie er begeistert, „hören Sie, da können wir ja zusammen ein neues Theater bauen.“ Die anderen aber phantasierten von einem Palais in Hietzing, Gütern mit eigener Jagd, Zeitungsgründungen und die Schriftstellerin regte die Schaffung eines ganz modernen Buchverlages an, – mit dem Titel – „Wiener Pornographia" schrie Büxel dazwischen. Fels wehrte lachend ab.

„Nein, verehrte Freunde, keinen Verlag und keine Zeitung, kein Theater und kein Gut. Nicht einmal ein Palais in Wien und kein Automobil, – dies alles sind silberne und goldene Fesseln für das höchste Gut: die Freiheit. Ich will weder der Sklave meiner Dienstboten, meines Chauffeurs noch etwa der Redakteure, Schriftsteller oder Mimen sein, sondern mich so einrichten, daß ich mir nur allein gehöre, von einer Stunde auf die andere meine Zelte abbrechen und wenn es mir paßt, auf den Mars übersiedeln kann. Ich habe die acht Tage, die ich wieder in Wien bin, benützt, um mir ein behagliches Junggesellenheim zu installieren, und dies ist auch der Grund, warum ich mich nicht blicken ließ."

Fels erklärte nun, daß er in der Schwindgasse eine Wohnung, bestehend aus fünf großen Zimmern mit vielen Nebenräumen, gefunden und sie nun glücklich im Eilzugstempo eingerichtet habe. Während die Maler, Tapezierer und Installateure mit Überzeit Tag und Nacht arbeiteten, sei er in ganz Wien herumgerast, um alte, schöne Teppiche, Möbelstücke, Luster und Bronzen zusammenzukaufen, zwischendurch habe er sich stundenlang bei Buchhändlern aufgehalten, einen verläßlichen, wohlgeschulten Diener gemietet, der die Kunst des Rasierens ebenso verstehe, wie die, ein Beefsteak zu braten und Tee zu bereiten, und eben sei es ihm gelungen, ein neues, starkes Automobil samt Chauffeur zu mieten.

„Wenn es mir einfällt, kann ich zu jeder Stunde die Wohnung schließen, das Auto abbestellen und mich mit meinem Diener oder auch ohne ihn auf Reisen begeben."

Ein Advokat, von dem man sagte, daß er der beste Verteidiger sei, weil jeder Richter seinem Klienten mit Rücksicht auf die unzulängliche Verteidigung Milderungsgründe zubillige, murmelte, während der Neid seine Züge verzerrte, etwas von Müßiggang, den er nicht ertragen könnte, dem Bedürfnis nach Arbeit und ähnliches. Fels lächelte ironisch:

„Lieber Doktor, die unleugbare Tatsache, daß jeder Mensch mit seinem Beruf unzufrieden ist, spricht gegen Sie. Übrigens gedenke ich so emsig zu sein wie ein Wiesel. Oder glauben Sie, daß Bücher auswählen und lesen, Reiten und Spazierengehen, Gäste bewirten und schöne Frauen lieben keine ebenso dankenswerte Beschäftigung sei, als gähnenden Geschworenen Geschichten von der Unschuld eines Einbrechers zu erzählen?"

Fels hatte die Lacher auf seiner Seite, und als die zwölfte Stunde schlug, wurde die Stimmung ein wenig gedämpfter, jeder dachte an das vergangene Jahr zurück, und die Glückwünsche, die einer dem anderen bot, waren in Wirklichkeit Wünsche für das eigene Wohlergehen im angebrochenen Jahr.

Erst im Rauchzimmer hatte Fels Gelegenheit, sich allein mit seinem alten Freund, dem Kriminalkommissär Bär, zu unterhalten. Er erzählte ihm von dem seltsamen Zusammentreffen mit dem gemeinsamen Waffengenossen Winzer und ließ sich von Bär über die eigenen Erlebnisse und von Bekannten berichten. Über seine Beziehungen zu Grace ging Fels ganz flüchtig hinweg. Und dann stellte er ihm eine Frage, die ihm während der ganzen Unterhaltung auf den Lippen geschwebt hatte: „Was ist eigentlich mit dem Mord in der ›Villa Mabel‹? Bist du den Tätern auf der Spur?"

Dr. Bär schüttelte den Kopf. „Nein, ich kann nicht nur keine Spur finden, sondern mußte heute die letzte Hoffnung, das Rätsel jemals lösen zu können, aufgeben. Herr August Langer ist nämlich vor einigen Stunden gestorben."

An den anderen Tischen hörte man lachen und scherzen. Fels war in tiefes Schweigen versunken, das schließlich von dem Polizeibeamten gebrochen wurde:

„Dieser Herr Langer, der immer den Eindruck eines schwindsüchtigen Menschen auf mich gemacht hat, ist im Sommer an einem akuten Lungenspitzenkatarrh erkrankt und hat sich in die Kuranstalt auf dem Semmering begeben. Vorher aber hat sich noch einiges ereignet, was verschiedene meiner Vermutungen bestätigte. Du erinnerst dich vielleicht, daß wir nach all dem, was ich über die ermordeten Frauen und ihr Verhältnis zu Herrn Langer wußte, zur Überzeugung kamen, Langer habe viel eher Grund, ein lustiger, als ein trauernder Witwer zu sein. Und diese Überzeugung hat mich auch kriminalistisch nicht losgelassen, sondern mir immer wieder die Vermutung nahegelegt, daß das Rätsel der ›Villa Mabel‹ nur im Hause selbst seine Lösung finden könne. Dies auch der Grund, warum ich Langer nicht ganz aus dem Auge verlor und mich von Zeit zu Zeit immer wieder über sein Leben informieren ließ. Herr Langer hat die ›Villa Mabel‹ nicht mehr bezogen, sondern sich im ›Hotel Bristol‹ einquartiert. Das Trauern gab er wirklich sehr bald auf, und gerade als du wegfuhrst, knüpfte er Beziehungen zu einer Sängerin an, die im Wesen der ermordeten Frau Mabel ziemlich nahesteht. Diese Sängerin hat nämlich den begründeten Ruf, eine sehr handfeste Person zu sein, die ihre jeweiligen Liebhaber an der Kandare hält und aus ihnen ihre ergebenen, gehorsamen Sklaven macht. Langer mietete ihr eine fürstliche Wohnung und schenkte ihr große Summen, was aber die Walküre nicht abhielt, mit ihm sehr ungnädig zu verfahren. Ein Kellner des ›Hotel Bristol‹, den einer meiner Vertrauensleute aushorchte, erzählte, daß er gehört habe, wie die Sängerin dem Langer, als er einmal im Vestibül des Hotels die Frage, ob es regnen werde oder nicht, anschnitt, ein energisches ›Kusch!‹ zugerufen und ihm dabei einen Blick zugeworfen habe, vor dem der Kellner erschrak. Man munkelte schließlich, daß Herr Langer die Dame heiraten oder sich, besser gesagt, von ihr werde heiraten lassen, aber dann kam eben der Lungenspitzenkatarrh. Die Sängerin wollte durchaus ihre neue Opernpartie kreieren, Langer mußte auf den Semmering, und die Idylle fand ein Ende, um so mehr, als sich ein russischer Nabob einstellte, der die Sklavenrolle bei ihr übernahm.

Vor einigen Tagen wurde mir berichtet, daß sich bei Herrn Langer die Schwindsucht in ihrer rapidesten Form entwickelt habe, und nun machte ich ihm unter einem gleichgültigen Vorwand einen Besuch. Ich dachte, daß ein dem Tode Geweihter immerhin vielleicht eher zum Sprechen geneigt sein werde. Aber ich sah mich enttäuscht. Herr Langer wollte mit aller Gewalt von mir erfahren, ob ich irgend einen neuen Verdacht habe, und als ich das schließlich energisch verneinen mußte, war aus ihm überhaupt nichts mehr herauszubekommen. Er sagte immer wieder: ›Lassen Sie die Toten ruhen, nur die Lebenden haben recht.‹ Und doch, heute, wo nun der arme reiche Mann gestorben ist, habe ich mehr als jemals die Überzeugung, daß er mehr über die Ermordung seiner *Frau* und Schwägerin wußte, als irgend ein anderer Mensch. Erforschen konnte ich darüber nie etwas, obwohl ich immer wieder seinen Verkehr, seine Privatkorrespondenz und seine Besucher überwachen ließ."

Die Gesellschaft bemächtigte sich energisch der beiden Herren, die junge Schriftstellerin, die einen diskreten Rausch hatte, lehnte sich zärtlich an Fels und war bereit, zu beschwören, daß sich die beiden Freunde irgend etwas schrecklich Unanständiges erzählt hätten, worauf Fels trocken meinte: „Sie haben es erraten, wir sprachen von Ihren letzten Aufsätzen in der Zeitschrift ›Nackte Wahrheit‹." Fels war wieder sehr aufgeräumt geworden, toller Übermut bemächtigte sich seiner, er riß durch Humor und Geist die ganze Gesellschaft mit, und als es drei Uhr geworden war, hatte er zum reichlichen Mißvergnügen der Herren einen Kußkurs etabliert, der sich seitens der Damen reichlichen Zuspruches erfreute.

Auf dem Heimweg überraschte er Bär, der mit ihm ging, durch die vor sich hingesprochenen Worte: „Grace, wie herrlich stehst du in meinen Gedanken da, wenn ich dich mit diesen kleinen, girrenden Weibchen vergleiche."

## Zweites Kapitel

Fels genoß das Leben, wie es nur ein gesunder, reicher, unabhängiger Mensch tun kann, und entgegen den Behauptungen des Advokaten hatte er sich wahrlich nicht über Langeweile zu beklagen. Sein Morgenritt durch die schneebedeckte Hauptallee, ausgedehnte Spaziergänge zu Fuß, bei denen er das Automobil nach einem entfernten Ziel bestellte, füllten die Vormittagsstunden aus, das Wählen der Speisen und Getränke bei Sacher gestaltete sich zur feierlichen Handlung, und dann kamen Stunden, die er der Vervollkommnung seiner Wohnung und Bibliothek widmete; dies oder jenes Möbelstück wurde aus der Wohnung wieder entfernt, nach einem alten Bild gefahndet, oft eine Reise nach einer Provinzstadt unternommen, um einer Truhe, eines antiken Stuhles habhaft zu werden, und um bei seinen Teppicheinkäufen sachkundig vorzugehen, studierte Fels dickleibige Werke, bis er schließlich mit einem flüchtigen Blick das Alter, die Herkunft, den Wert eines Ispahans oder Täbris beurteilen konnte. Der Tag, da es ihm gelang, für hunderttausend Kronen einen dreihundert Jahre alten Sultanteppich an sich zu bringen, wurde ihm zum Feiertag. Die Abendstunden aber verbrachte er in lustiger, leichter, oft auch allzu leichter Gesellschaft, ohne daß ihn auch nur einen Augenblick der Gedanke an Grace verließ. Ihm, der die Höhe des Lebens unter tausend Liebeleien erreicht hatte, war nun das Dasein durch die große Liebe, an deren Möglichkeit er nie recht hatte glauben wollen, ausgefüllt. Fels, der durch seine besten Jahre hindurch mit Schreiben über Dinge, an denen er gewöhnlich kein innerliches Interesse gehabt, hatte verbringen müssen, liebte keinen ausführlichen Briefwechsel, und da auch Grace der schriftliche Gedankenaustausch nicht lag, so beschränkte sich ihre Korrespondenz fast ganz auf kurze Telegramme. Er kabelte ihr, so oft er Lust dazu hatte, über ein äußerliches Geschehnis, sie erwiderte in derselben Weise. So bekam sie eine Depesche mit den Worten: „Hurra. Soeben einen Täbristeppich von 1750 in leuchtenden Farben gekauft. Du mußt ihn einweihen, indem du als erste deinen Fuß auf ihn setzen sollst.“ Oder er erhielt ein Kabeltelegramm, in dem ihm Grace mitteilte, daß Papa ihr zu Weihnachten eine Perlenschnur aus dem früheren Besitze der Erzherzogin Maria Augusta gekauft habe.

Oft führten Fels seine Spaziergänge in dem klaren Frostwetter ins Cottage an der „Villa Mabel“ vorbei. Noch immer waren alle Jalousien herabgelassen, noch immer besagte eine Tafel vor dem Gartenportal, daß diese Villa verkäuflich sei und die Häuseragentur N. N. nähere Auskunft erteile. Aber Wien hatte durch den Zerfall des Reiches erheblich an Einwohnerzahl abgenommen, es standen viele Wohnungen und Villen leer, und das Grauen davor, in einem Hause zu leben, in dem zwei Frauen ermordet worden waren, hielt die kaufkräftigen Leute noch immer ab, die schöne, alte Villa zu erwerben. Sinnend pflegte Fels vor der „Villa Mabel“ stehenzubleiben, deren düsteres Erlebnis mit der Zeit seines Aufschwunges zusammengefallen war.

Wie im Fluge verging die Zeit und in den ersten Februartagen hielt Fels ein in New-York aufgegebenes Telegramm in der Hand, durch das ihm Grace mitteilte, daß sie sich in zwei Tagen an Bord der „Germania“ nach Bremen einschiffen werde. Zehn Tage noch, und er würde das schöne Weib in den Armen halten! Aber am selben Tag noch kam eine neue Depesche, deren kurioser Inhalt diese Hoffnung zerstörte. Sie lautete:

„Darling, ich kann nicht fahren. Papa hat sein Herz entdeckt und wird heiraten. Anstandshalber muß ich dabei sein, werde also nicht vor Ende März fahren können. Brief folgt.“

Fels empfand diese vorläufige Absage wie einen schweren Schlag. Alles in ihm schrie nach Grace, seine Sinne und seine Seele lechzten nach ihr, – und nun hieß es warten, warten. Er ging mit großen Schritten im Zimmer auf und ab. „Die erste Widerwärtigkeit seit damals, als – –. Sollte meine Glücksserie abgerissen sein? – – –“

Acht Tage später kam der Brief, der die Depesche näher erklärte. In launiger Weise schilderte Grace, wie der Johannistrieb das Herz des „alten Herrn“, der übrigens erst in den Fünfzigern stand, ergriffen. Herr Kerens hatte eine Privatsekretärin, auf die er seit jeher große Stücke hielt. Eine hübsche, stattliche Blondine deutscher Abkunft und nach amerikanischen Begriffen überaus gebildet. Diese Dame machte nun ihrem Chef die Mitteilung, daß sie ihre Stellung aufgeben müsse, weil sie im Begriffe sei, sich zu verheiraten. „Papa war sehr ungehalten darüber, weil er sich an Miß Möller sehr, sehr gewöhnt und außerdem wahrscheinlich, weil er sie schon längst geliebt hat, ohne darüber nachzudenken. Es kam zu einer langen Auseinandersetzung, in deren Verlauf Miß Möller weinte und Papa versicherte, daß sie ihren zukünftigen Gatten durchaus nicht besonders leiden möge, sondern ihn nur nehme, um anständig versorgt zu sein. Und das Ende vom Liede war, daß der liebe, gute Papa diese Versorgung in eigene Regie übernahm, indem er Miß Möller die Ehe mit ihm selbst vorschlug. Ende März findet in aller Stille die Hochzeit statt und ich muß natürlich dabei sein. Es würde sonst so aussehen, als wäre ich böse und nicht einverstanden. Das Gegenteil davon ist aber wahr, ich freue mich über Papas spätes Glück und bin auch deshalb froh darüber, weil ich nun ganz ohne Gewissensbisse meine eigenen Wege gehen kann, mich frei und ganz unabhängig fühle, was ich doch nicht so ganz war, solange Papa auf meine Gesellschaft Anspruch hatte. Also, mein Geliebter, nun heißt es für uns beide, Geduld haben! Ich habe mich schon für die ›Gigantic‹ nach Liverpool buchen lassen. Sie geht am 1. April von hier ab und so gegen den 9. April werde ich in deinem geliebten Wien sein und dann so lange mit dir zusammen bleiben, als es mir und dir paßt.“

## Drittes Kapitel

Es war der 2. März und ein Vorfrühlingstag von fast italienischem Gepräge. Der Himmel tiefblau, die Luft milde und die Sonne von einer Kraft, daß ihre Strahlen das Thermometer in sommerliche Höhe trieben. Mit weitausgreifenden Schritten durchquerte Fels, der eben nach seinem Morgenritt vom Frühstück kam, den Türkenschanzpark, um sich nach Pötzleinsdorf zu begeben, wohin er sein Automobil beordert hatte. Mit einem herzlichen „Servus!“ begrüßte ihn plötzlich Dr. Bär, der in der gleichen Richtung ging, aber von Fels überholt worden war. „Komm,“ sagte der Kriminalbeamte, „begleite mich in den ›Annenhof‹, es ist ja so schön und warm, daß wir im Freien sitzen können. Ich habe mir nämlich dorthin einen Beamten bestellt, um dann mit ihm gemeinsam eine große Sache in Angriff zu nehmen. Unter uns gesagt, ich bin einer

Banknotendruckerei auf der Spur, die sich irgendwo im Cottage einquartiert haben dürfte."

Als Fels das Wort „Annenhof" hörte, zögerte er mit der Antwort, aber schließlich willigte er ein und bemerkte nur, daß er gerade nur eine halbe Stunde Zeit habe, da ihn in der Stadt ein Antiquar wegen des Verkaufes einer alten Luther-Bibel erwarte. Sie gingen nun am Cottage-Sanatorium vorbei gegen den „Annenhof", ein behagliches, altwienerisches und besonders im Sommer sehr beliebtes Gartenrestaurant. Es liegt gerade am Ausgang der Kastanienallee und unwillkürlich richteten die beiden Männer ihre Blicke in diese Straße hinein. „Immer noch glaube ich," bemerkte Bär, „daß eines Tages das Geheimnis der ›Villa Mabel‹ in irgendeiner ganz unerwarteten Weise gelüftet werden wird."

„Möglich schon," meinte Fels lachend, „aber keinesfalls würde ich an deiner Stelle meine Karriere auf diese Aussicht hin aufbauen."

Die Terrasse des „Annenhof" lag im vollsten Sonnenschein, so daß man wirklich behaglich im Freien sitzen konnte. Während die Freunde ein leichtes Frühstück einnahmen, erzählte Bär, daß er schon als Student dieses Lokal oft aufgesucht habe, das ihm eines der letzten echt wienerischen, anheimelnden und soliden dünke. Ein bildhübsches, ganz junges Mädchen eilte nun vom Innern des Wirtshauses her durch die Gartenterrasse, wobei sie dem Kriminalbeamten ein „Grüß Gott, Herr Doktor!" zurief, aber entschieden ihre Augen mehr Fels, als dem ihr wohlbekannten Gaste zuwendete. Bär rief: „Fräulein Gretl, kommen Sie doch her!" und als das hübsche, junge Ding, über und über errötend, an den Tisch herantrat, stellte er sie Fels als Töchterlein des Wirtes vor, das er schon zu einer Zeit kannte, da es noch nicht einmal lief. Gretl war aber sehr verlegen und rannte rasch wieder davon, nicht ohne zurückzublicken und dabei Fels in die Augen zu sehen.

„Ich gehe mit dir nicht mehr aus," meinte Bär lächelnd, „wenn ich allein bin, so geschieht es doch hier und da, daß sich ein Frauenzimmer um mich kümmert, wenn du dabei bist, gelten alle netten Blicke dir."

Fels, der das unbestimmte Gefühl hatte, das Mädchen schon irgendwo einmal gesehen zu haben, quittierte das Kompliment mit einem Scherzwort und ging dann weg, um sein Auto zu suchen. Dr. Bär blieb allein zurück, er mußte den recherchierenden Beamten abwarten.

Etwa eine Stunde später ging ein Herr die Straße entlang, nach dem sich die Passanten kopfschüttelnd umsahen. Der Herr machte nämlich den Eindruck eines völlig Geistesabwesenden, er lief in die Leute hinein, sein Gesicht war totenbleich, und Menschen, die dicht an ihm vorbeigingen, konnten hören, wie er ununterbrochen die Worte vor sich hinmurmelte: „Warum hat er mich angelogen? Warum, warum?“

Völlig verstört erreichte dieser Herr den Schottenring, betrat das Gebäude der Polizeidirektion, rannte, ohne zu grüßen, den Präsidenten auf der Treppe beinahe um und schloß sich dann in sein Zimmer ein, nachdem er den ganzen Akt „Vorerhebung in Sachen Banknotenfälschung in Währing“ einem Kollegen zur weiteren Behandlung übergeben hatte. Und dann lief Dr. Heinrich Bär im Zimmer auf und ab und immer wieder entrangen sich seinen Lippen die Worte: „Warum hat er mich angelogen?“

Dr. Bär hatte in dieser letzten Stunde ein seltsames Erlebnis gehabt, so seltsam, daß es ihm traumhaft dünkte und er immer wieder feststellen mußte, er habe nicht geträumt, sondern komme eben aus dem „Annenhof“. Kaum hatte nämlich Fels den Garten verlassen, als die Tochter der Wirtsleute auch schon wieder an Dr. Bär herantrat, um mit ihm eine Diskussion über das schöne Wetter zu eröffnen. Bär aber, der Bescheid wußte, sagte Grete auf den Kopf zu, daß sie sich in seinen Freund verschaut habe, und riet ihr scherzhaft, an diesen Don Juan nicht ihr Herz zu verlieren, sondern sich lieber an solidere Leute, wie er zum Beispiel einer sei, zu halten. Grete versicherte lachend, daß sie sich nicht so leicht verliebe, wohl aber gerne gestehe, den Herrn Fels ebenso interessant als männlich schön zu finden. „Deshalb habe ich ihn auch schon vor einem Jahr geknipst“, erzählte sie. „Er war sogar mein erstes Opfer. Der Vater hat mir damals zum Geburtstag eine Kamera geschenkt und an einem Wintertag saß Ihr Freund mit einem anderen Herrn bei gutem

Sonnenlicht in der geheizten Glasveranda. Na, und weil eben Ihr Freund ein so hübscher Mann ist, wollte ich gleich versuchen, ihn zu photographieren, und ohne daß die Herren es merkten, knipste ich sie beide, während sie eifrig miteinander sprachen, von der anderen Ecke der Veranda aus. Übrigens werde ich Ihnen das Bild zeigen, es ist Nummer eins in meinem Album."

Bär, der ungeduldig auf seinen Beamten wartete, bekam gleich darauf das Album vorgesetzt und höchst gleichgültig betrachtete er die Momentaufnahme, die ihm Grete vorhielt. Aber diese Gleichgültigkeit dauerte nur einen Augenblick, dann fuhr Bär mächtig zusammen, riß das kleine Album ganz an sich, stierte mit weit aufgerissenen Augen das aufgeklebte Bild an und sagte schließlich ganz tonlos, während alle Farbe aus seinen Wangen gewichen war:

„Ja, das ist natürlich Fels, aber der andere, der da mit ihm an einem Tisch sitzt – – –"

„Wie er heißt, weiß ich nicht," meinte Grete, die das veränderte Benehmen Bärs nicht begriff. „Ich kenne ihn nur vom Sehen her. Er wohnte früher in der Kastanienallee, wenigstens habe ich ihn dort immer getroffen. Aber seit einiger Zeit sehe ich ihn nicht mehr."

Bär nickte wie geistesabwesend, und als er seine Taschenlupe auf das Bild legte, da konnte ihm keine Überraschung mehr werden, denn er hatte es vom ersten Anblick an genau gewußt: dieser Herr, mit dem Fels zusammen geknipst worden war, dieser Herr, der sich auf der Photographie hier eben vorbeugte und sprach, war niemand anderer als Herr August Langer, der Gatte der ermordeten Frau Mabel Langer und Schwager der ebenfalls ermordeten Kathleen Mac Lean, derselbe Herr Langer, der vor etwa fünf Wochen im Kurhaus Semmering an Lungenschwindsucht gestorben war! Neben das Bild aber hatte Grete mit sauberer Handschrift dazu geschrieben: „Zwei unbekannte Herren, aufgenommen in der Veranda des ›Annenhofes‹ am 4. Februar 1921."

Der vierte Februar – das war der Tag vor der Abreise des Herrn Langer nach Prag, also zwei Tage vor der Ermordung der beiden Frauen. Also war

Fels mit Herrn Langer ungefähr vierzig Stunden vor der Ermordung der beiden Frauen zusammengetroffen. Fels aber hatte damals, daran erinnerte sich Dr. Bär ganz genau, behauptet, daß er den Herrn Langer nicht kenne, ja, er forderte ihn nach der ersten Einvernahme des Ehemannes auf, ihm zu sagen, wie denn eigentlich dieser Herr Langer aussehe.

Und von diesem Augenblicke an hatte im Gehirn des Kriminalbeamten nur mehr ein Gedanke, nur mehr eine Frage, nur mehr ein Rätsel Platz: „Warum hat Fels mich angelogen?"

Schließlich trat doch eine gewisse Ordnung und Ruhe im Schädel des Kriminalkommissärs ein, er konzentrierte wieder seine Gedanken, begann logische Folgerungen zu ziehen und trat dann an das Fenster, um seine glühende Stirne an der Scheibe zu kühlen und einer letzten Überlegung Raum zu geben. Fels war sein Freund, sein bester, einziger Freund. Mußte er nicht jeden gegen ihn gerichteten Gedanken – von Verdacht wollte er gar nicht sprechen – unterdrücken, mußte er nicht sogar hundertmal einen wirklichen Verdacht beiseite schieben, bevor er den Freund kränkte, ja, ihn vielleicht sogar vernichtete? Bär schluckte, keuchte und biß sich die Enden des Schnurrbartes ab, bis alle Bedenken von ihm abfielen und Ehrgeiz, Amtseid und Witterung des Jagdhundes in ihm die Oberhand gewannen.

Und Bär beschloß zu handeln.

Er ließ sich mit dem Meldeamt verbinden und die Personalakten des Oskar Fels wie die des verstorbenen August Langer ausheben. Nach wenigen Minuten lagen die beiden Bogen vor ihm. Oskar Fels, geboren in Wien im Juli 1885 – August Langer, geboren in Wien im September 1885 – also beide im selben Alter, beide vielleicht Schulkollegen gewesen. Auch das mußte festzustellen sein, und zwar sofort. Fels hatte das Gymnasium im dritten Bezirk besucht, das wußte Bär. Also war der Weg gegeben. Dr. Bär beschied einen Kriminalbeamten zu sich und gab ihm den Auftrag, sofort in den Büchern des Gymnasiums nachschlagen zu lassen, ob in den Jahren 1885 bis 1893 ein August Langer in dieselbe Klasse mit einem Oskar

Fels gegangen sei. Nach einer Stunde schon wußte Bär, was er hatte wissen wollen: Die beiden hatten die fünf unteren Klassen gemeinsam durchgemacht, dann erschien der Name Langers nicht mehr in den Katalogen.

## Viertes Kapitel

Als Bär spät nachts ins „Café Central“ kam, war er nicht heiter, liebenswürdig und aufgeräumt, wie sonst, sondern sehr wortkarg, zerstreut und verdrossen. Auf eine teilnehmende Frage des Fels gab er nur durch ein Murmeln Antwort. Plötzlich aber schien er einem Herrn, der eben das Café verließ, nachzusehen und sagte zu Fels, während er ihn zum erstenmal an diesem Abend ansah: „Hast du nicht auch bemerkt, wie ähnlich dieser Herr dem verstorbenen Langer sieht?“

Fels schaute verwundert auf. „Du bist zerstreut heute, Heinrich, woher sollte ich wissen, ob jemand dem Langer ähnlich sieht? Ich habe ihn doch gar nicht gekannt!“

„Ach so, das hatte ich vergessen.“ Früher als sonst verließ Dr. Bär seine Stammtischgesellschaft. Fels aber sah ihm kopfschüttelnd nach und konnte sich das veränderte, verstörte Wesen seines Freundes nicht erklären.

Am anderen Morgen ging der Kriminalbeamte nach einer fast schlaflos verbrachten Nacht frühzeitig an die Arbeit. Er begab sich nach Erledigung der dringendsten Agenden im Polizeipräsidium nach der Hegelgasse in das Bureau der Firma August Langer, G. m. b. H., und ließ sich zum Prokuristen Percy Moldauer, einem nicht ganz waschechten Engländer aus Krotoschin, führen. Dr. Bär legitimierte sich sofort als Polizeibeamter.

„Und nun bitte ich Sie, mich bei einer sehr schwierigen und diskreten Aufgabe zu unterstützen, wobei ich Sie nachdrücklich darauf aufmerksam mache, daß ich mit den Steuerbehörden nicht das geringste zu tun und auch keinerlei Absicht habe, mich in die Geschäfte Ihrer Firma zu mengen.“

Hocherfreut über diese Versicherung, erbot sich Herr Moldauer zu jeder Information.

„Also," begann Dr. Bär, „Sie sind, wenn ich richtig informiert bin, einerseits von den österreichischen Nachlaßbehörden, anderseits von den Erben der Frau Langer, die aus entfernten, in England lebenden Verwandten bestehen, beauftragt, die Bilanz zu ziehen und eine genaue Aufnahme des Vermögensbestandes vorzunehmen."

„Jawohl, und diese Aufgabe ist nicht einfach, weil es sich ja nicht nur um unsere Gesellschaft mit beschränkter Haftung handelt, sondern auch um das Privatvermögen der Frau Langer, besser gesagt, des eben verstorbenen Herrn Langer, da er ja nach dem Tode seiner Gattin und Schwägerin Alleinbesitzer des sehr erheblichen Vermögens wurde."

„Ganz richtig! Und wo befinden sich die privaten Vermögenswerte des Herrn Langer, respektive worin bestehen diese Vermögenswerte?"

„Herr Langer ist nach dem Tode der beiden Damen einfach in den Besitz einer Anzahl englischer Papiere getreten, über die er, solange die Frauen lebten, nicht allein verfügen durfte. Diese Papiere befanden und befinden sich zum Teil in diesem Tresor hier im Bureau." Der Prokurist wies bei diesen Worten auf einen der mächtigen, eingebauten Kassenschränke, die die Hinterwand des großen, saalartigen Zimmers einnahmen. „Es sind dies englische Bahnaktien, australische Minenaktien, südafrikanische Kimberley-Shares und ein Posten ›Marconi Wireless‹."

Dr. Bär sah den Prokuristen scharf und durchdringend an:

„Sie sagten vorhin, diese Papiere befinden sich oder befanden sich im Tresor! Meinten Sie damit etwa, daß etliche der Aktien inzwischen verschwunden sind?"

Verwirrt sah Herr Moldauer den Kriminalkommissär an. „Ja, allerdings – aber woher wissen Sie –?"

„Das tut nichts zur Sache, Herr Moldauer, ich bitte Sie nur, diese Frage, die von größter Wichtigkeit ist, genau zu beantworten."

„Nun, die Sache verhält sich folgendermaßen: Als ich nach Entfernung der sofort nach dem Ableben des Herrn Langer angelegten Siegel mit Hilfe des bei dem Verstorbenen gefundenen Schlüssels in Gegenwart des Nachlaßrichters Landesgerichtsrat Doktor Stößl und des Notars Doktor Zwerenz den Tresor öffnete, fanden wir die Aktien sorgfältig nach ihrem Charakter in Mappen geordnet vor und in einem Couvert lag ein Verzeichnis der vorhandenen Papiere, leider aber nur die Stückzahl und der Kurs, zu dem sie gekauft worden waren, nicht aber die Nummern und Serien der einzelnen Stücke. Und bei dem Vergleich stellten wir fest, daß eine beträchtliche Anzahl von Papieren, und zwar mehrere von jeder Sorte, fehlten. Alles in allem beträgt der Abgang gegenüber dem Verzeichnis etwa hunderttausend Pfund, das ist nach dem heutigen Devisenkurs ungefähr vier Millionen Kronen."

Dr. Bär fühlte, wie ihm das Blut vor Aufregung rascher durch die Adern lief, und stellte eine weitere Frage:

„Und wie erklären Sie sich diesen Abgang?"

Achselzuckend erwiderte der Prokurist: „Aufrichtig gesagt: gar nicht! In das Privatleben des Herrn Langer und seiner Frau hatte ich nie einen Einblick und ebensowenig in die Verwaltung seines großen Privatvermögens. Auch Herr Doktor Holzinger, den wir befragt haben, ist in dieser Richtung nicht näher informiert. Es wäre also möglich, daß Herr Langer die Papiere gebraucht hat, um etwa ein Gut irgendwo zu kaufen, ein Schloß in England oder andere Papiere, die ihm vorteilhafter erschienen, und dabei dürfte er vergessen haben, die Aktien aus seinem Verzeichnis zu streichen. Jedenfalls konnten die fehlenden Papiere nur von ihm selbst und mit seinem vollen Willen entfernt werden."

„Herr Langer hatte doch, als noch seine Frau lebte, kein selbständiges Verfügungsrecht über sein Vermögen? Konnte er trotzdem allein Papiere entfernen?"

„Durchaus nicht. Der Tresor hat zwei sehr kunstvoll gearbeitete amerikanische Schlösser mit zwei ganz verschiedenen Schlüsseln. Von diesen besaß Herr Langer den einen und seine Frau den anderen. Wenn also die Coupons abgeschnitten oder die Talons ausgetauscht werden mußten, kamen Herr und Frau Langer ins Bureau und öffneten gemeinsam den Tresor. Nach dem Tode der Frau Langer sollte Miß Mac Lean ihren Schlüssel übernehmen, da sie aber gleichzeitig starb, bekam Herr Langer ihn und er konnte nun, so oft er wollte, den Kassenschrank aufschließen. Wie oft er das getan hat, weiß niemand im Hause, weil dieser Kassenraum, der sonst nur als Konferenzzimmer dient, nur durch das Privatkontor des seligen Herrn Langer betreten werden kann."

„Kurzum, Herr Moldauer, die Sache liegt so, daß entweder das Ehepaar Langer gemeinsam die fehlenden Papiere dem Schrank entnommen hat, oder aber, nach dem Tode der Damen, Herr August Langer allein?"

„Jawohl, genau so ist es!"

Mit verbindlichem Dank verließ Dr. Bär den erleichtert aufatmenden Prokuristen und begab sich nach dem Gebäude der Kreditanstalt, wo, wie er wußte, Fels sein Scheckguthaben besaß. Er suchte dort einen ihm bekannten Oberbeamten auf, der den Parteienverkehr unter sich hatte. Dieser Herr konnte ihm folgendes mitteilen: Oskar Fels hatte sich im März des Vorjahres ein Konto bei der Kreditanstalt eröffnen und ein Scheckbuch ausfertigen lassen. Auf die Aufforderung, sich ein Safe im Bankgebäude zu mieten, hatte Herr Fels erklärt, es vorzuziehen, seine Papiere bei sich aufzubewahren. Als er auf Reisen ging, mietete er dennoch ein Safe, in das er seine verschlossene Handtasche einstellte. Im Dezember, als er zurückkam, ließ er sich die Tasche wieder ausfolgen und nahm sie mit sich nach Hause in seine neue Wohnung, wo er, wie er dem Beamten mitteilte, einen Kassenschrank aufgestellt habe. Wie groß das Vermögen des Herrn Fels ist, wisse man nicht, auch nicht, in welcher Art es angelegt sei, sondern nur, daß ein Teil des Vermögens, wenn nicht das ganze, aus englischen, afrikanischen und australischen Aktien bestehe. Dies sei dadurch erwiesen, daß Fels für sein Konto lediglich die Coupons solcher Aktien hinterlegt habe. Jetzt, nach seiner Rückkehr aus Amerika, müsse sich sein Vermögen beträchtlich vergrößert haben, und zwar scheinen, nach den zur Einlösung übergebenen Coupons zu schließen, jetzt ausschließlich nordamerikanische Bons und Aktien dazugekommen zu sein. Nun wußte der Kriminalkommissär genug, und während er, wie von Furien getrieben, über die Straße stürmte, rangen Freundschaft und Pflichtgefühl, brüderliche Liebe und Entsetzen einen schweren Kampf in ihm, in dem auch jetzt der Beamte Sieger blieb. Immer wieder reihte Bär die Resultate seiner Nachforschung logisch aneinander und immer wieder kam er zu demselben Resultat: Fels hat mit diesem furchtbaren Morde zu tun gehabt, direkt oder indirekt, als Täter oder Beauftragter. Und unter anderen Umständen wäre der Kriminalkommissär sofort zur Verhaftung geschritten, in diesem Falle aber konnte und wollte er sich noch immer nicht zu diesem letzten, entscheidenden Schlag entschließen. Plötzlich fiel ihm die Smaragdnadel ein, die man bei dem Raubmörder Schmiedeisen gefunden hatte. Und wie ein Blitz erhellte sich ihm auch dieses Dunkel: Fels war bei der Verhaftung Zuseher gewesen, hatte die leichteste Möglichkeit, die Nadel dem Manne zuzustecken, um die Fäden zu verwirren, die Arbeit der Polizei für immer fruchtlos zu machen. Und trotzdem konnte sich Dr. Bär zur sofortigen Verhaftung des Freundes, des Mannes, mit dem er durch Jahre gemeinsam im Schützengraben gekämpft und gelitten, der ihm lieb und wert geworden war, wie sonst kein Mensch auf der Welt, nicht entschließen. Noch gab es den Bruchteil der Möglichkeit, daß Fels, wenn auch nicht unschuldig, so doch nur entfernt mitschuldig sei, und diese Möglichkeit muß geprüft werden. Fels war damals, als er angeblich ein großes Geschäft abschließen wollte, nach Budapest gefahren, und vielleicht ließ sich hier etwas erforschen, was sein Verbrechen weniger schrecklich, seine Schuld geringer erscheinen ließe. Unmittelbar nach der Enthaftung Holzingers war Fels weggefahren, in Budapest hatte er im „Hotel Hungaria“ gewohnt, also war es nicht schwierig, dieser Sache nachzugehen und festzustellen, mit wem, wenn überhaupt mit jemandem, Fels dort zusammengekommen war. Heute abends noch sollte ein geschickter Detektiv nach Budapest fahren, morgen im Laufe des Tages würde er von dort telephonischen Bescheid geben, und dann mußte Fels eben, wenn nicht wie durch ein Wunder seine Unschuld von Budapest aus festzustellen war, verhaftet werden.

## Fünftes Kapitel

Nur widerstrebend und erfüllt von grauenhaften Empfindungen begab sich Dr. Bär in dieser Nacht ins „Café Central", nachdem er zweien seiner geschicktesten Leute den Auftrag gegeben, sich dem früheren Journalisten und jetzigen Millionär an die Fersen bei Tag und bei Nacht zu heften und ihn bei einem Versuch, die Stadt zu verlassen, sofort in Haft zu nehmen. Während der Kriminalkommissär aber das Kaffeehaus betrat, faßte er einen weiteren Entschluß, durch dessen Ausführung er einen schweren kriminalistischen Fehler beging. Er griff zum Überraschungstrick, um den Verdächtigen zu überrumpeln. Dr. Bär nahm Fels beiseite, setzte sich an einen entlegenen Tisch mit ihm und begann:

„Weißt du, daß du gestern eine Eroberung gemacht hast?"

„Keine Ahnung! Wo und bei wem?"

„Nun, wir waren doch gestern im ›Café Annenhof‹, das reizende Mädel, mit dem ich dich bekannt gemacht habe, ist ganz verschossen in dich."

Fels lachte vergnügt: „Zu jung, lieber Freund, zu jung für mich. Vorläufig ist halbreifes Obst noch nicht mein Fall. Aber seit wann gefällst du dir in der Rolle Martha Schwertleins?"

Und nun sah ihm Bär scharf und fest in die Augen und sagte langsam, wuchtig und mit Betonung:

„Nun, dieser Fall ist nämlich ganz ungewöhnlich. Stelle dir nur vor, das junge Ding hat dich schon vor mehr als einem Jahr, am vierten Februar, als du mit einem anderen Herrn im ›Annenhof‹ in der Veranda saßest, photographiert. Ich selbst habe das vortrefflich gelungene Bild gesehen."

Der Trick war gut angelegt und doch verfehlt, weil die Person, die überrascht werden sollte, sich ganz anders in der Gewalt hatte als der Durchschnittsmensch. Wohl fühlte Fels bei diesen Worten, wie ihm das Blut ins Herz schoß, wohl sauste es ihm in den Ohren und würgte ihn in der Kehle, daß er unmöglich ein Wort hervorbringen konnte. Aber sein Gehirn arbeitete weiter und er konnte noch denken, und im Bruchteil einer Sekunde sagte er sich: Man stellt mir eine Falle, also hat man mich noch nicht ganz fest, und hat man mich noch nicht, so darf man mich auch nicht bekommen. Und um nicht sofort reden zu müssen, zündete er sich an seinem Benzinfeuerzeug sehr umständlich eine Zigarette an, hielt dem Blick des Freundes – schon ist er mein Feind, fühlte Fels – stand und sagte dann, als er sich wieder Herr seiner Stimme wußte, ganz ruhig:

„Lieber Freund, sag' deiner Grete, daß sie ein Gänschen ist, und du als Kriminalmensch solltest Bilder genauer ansehen. Ich war mindestens seit Jahren nicht im ›Annenhof‹ und ganz sicher nicht im Winter." Und warf dann ein Scherzwort zu Direktor Brüxel hinüber und ging zur Gesellschaft zurück.

Bär fühlte, daß er eine kapitale Dummheit begangen, die sich eigentlich nur durch die sofortige Verhaftung des Fels gutmachen ließe. Aber er wollte und konnte nichts mehr tun und nicht mehr denken. Er war am Rande seiner Kraft und Entschlußfähigkeit und kam wieder darauf zurück, daß die Budapester Recherchen das Letzte und Entscheidende sein könnten und bis dahin ihm Fels, auf Schritt und Tritt verfolgt, nicht entkommen würde. Rasch entfernte er sich, weil er nicht daran denken konnte, an diesem Abend mit Fels noch zu sprechen. Fels ging bald nach ihm, machte auf der Straße Riesenschritte, blieb aber am Michaelerplatz mit einem plötzlichen Ruck stehen, um sich wieder eine Zigarette anzuzünden. Und dabei erreichte er das, was er beabsichtigt hatte: er sah zwei Männer, die in einiger Entfernung hinter ihm hergegangen waren und sich nun rasch in einer Hausnische versteckten.

„Aha," sprach Fels in sich hinein, „Dworschak und Nowotny sind meine Schatten! Ganz wie ich mir gedacht habe! Die besten Fanghunde hat mein Freund ausgesucht, um mich zur Strecke zu bringen. Abwarten!"

Als aber Fels endlich das Haus in der Schwindgasse erreicht, den Portier herausgeklingelt und seinem Diener auf dessen ergebene Frage gesagt hatte, daß er nichts mehr brauche, – als er stöhnend und schweißbedeckt in einem Fauteuil zusammensank, da kam doch die furchtbare Reaktion auf die Geschehnisse der vergangenen Stunde. „Also ist alles verloren," entrang es sich seiner Brust, „Ehre, Freude und das Leben! Grace, Grace, wenn du nicht wärst, so würde ich wissen, was zu tun ist. Aber Grace, ich sehne mich so sehr nach dir, daß ich kämpfen will bis zum letzten Atemzug, bis zur Gewißheit, daß ich verloren bin!“

Vorsichtig trat Fels an das Fenster und blickte aus dem finsteren Zimmer, in dem er nicht gesehen werden konnte, auf die Straße hinaus. Richtig! Dort an der gegenüberliegenden Straßenecke stand der eine der beiden Detektive. Der andere war wohl nach Hause gegangen, um nach etlichen Stunden den Kollegen abzulösen. Und so würde es bleiben, bis eines nahen Tages, vielleicht morgen, vielleicht erst übermorgen, sich eine Hand auf seine Schulter legen und ihn verhaften würde. Bär würde natürlich aus Taktgefühl nicht die Voruntersuchung führen, sondern irgend ein anderer Beamter ihn mit Fragen quälen, die Zeitungen würden ungeheure Artikel bringen, sein Kollege Grubenheld sich nach der moralischen Seite hin ausschmocken, und dann käme die Überführung in das Landesgericht und eines Tages würde er vor den Geschworenen stehen und mit anhören, wie einer der Männer im Talar über ihn, Oskar Fels, der getötet hatte, weil er das Leben so sehr liebte, das Todesurteil ausspricht.

Fels sprang auf, ballte die Fäuste und schüttelte sich, als wollte er die marternden Gedanken von sich werfen. Und wieder bezwang sich der starke, das Leben bejahende Mann. Stundenlang ging er auf und ab, ein Berg von Zigarettenstummeln häufte sich in den Bronzetellern, sein Gehirn arbeitete logisch, präzise, wie ein feiner Mechanismus. Und als draußen die Dunkelheit wich und eine blasse, verschnupfte Märzsonne auftauchte, da wußte er, daß der schwerste, furchtbarste Tag seines Lebens angebrochen sei. Dann setzte er sich vor den Schreibtisch und füllte Bogen auf Bogen. Als er fertig war und das Manuskript in ein Couvert stecken konnte, rief er den Diener herbei und ließ sich ein reiches Frühstück servieren, das zu essen er sich zwang. Er wußte, daß er heute noch seine Kräfte brauchen würde.

## Sechstes Kapitel

Um elf Uhr vormittags öffnete Fels die Flügeltüre, die von dem Herrensalon auf den Balkon führte, er trat hinaus in das warme Licht und überzeugte sich, daß seine „Schatten“ unten standen. Und nun kam ein an sich unbedeutender und doch unendlich wichtiger Schritt, ein telephonisches Gespräch, von dessen Ergebnis es abhing, ob der Fahrplan, den er in der Nacht studiert hatte, die richtigen Daten enthielt und er seinen Plan würde ausführen können. Er wollte eben sein Tischtelephon abheben, als ihm ein Gedanke durch den Kopf schoß. Vielleicht, sogar sehr wahrscheinlich, daß seine Nummer überhört wurde. Also nicht von hier aus telephonieren! Nach kurzer Überlegung begab sich Fels nach dem nächsten Stockwerk, wo ein hoher Aristokrat wohnte. Der Herr Graf und seine Gemahlin waren glücklicherweise nicht zu Hause und der Lakai führte Fels bereitwillig in das Zimmer, in dem sich das Telephon befand, um sich dann diskret zurückzuziehen. Fels hatte erklärt, daß bei ihm selbst eine Störung vorhanden sei. Er ließ sich mit dem Reisebureau Cook verbinden. „Hier Spediteur Dworschak, bitte, wann und von wo aus geht der nächste Dampfer nach Mexiko? Ich muß nämlich ein wertvolles Kolli so rasch als möglich nach Vera-Cruz befördern. Ja, bitte sehr, ich warte. Hallo, der nächste Dampfer ist der ›Präsident‹, der von Genua aus abgeht. Wie, den kann ich nicht benützen, weil er schon morgen mittags fährt? Zu dumm! Und der nächste Dampfer geht erst in einem Monat. Na, da kann man nichts machen. Ich danke schön!“

Hoch aufgerichtet stand Fels da und seine Wangen glühten. „Es muß, es muß gehen!“

Und nun hieß es rasch handeln. Fels begab sich wieder in seine Wohnung, öffnete den Kassenschrank, entnahm ihm einen Stoß Papiere – sein ganzes großes Vermögen – und ließ sie in einer gelben Handtasche, die ihm vorher der Diener hatte aus dem Garderobezimmer bringen müssen, verschwinden. Dem unteren Fach des Tresors entnahm Fels ebenfalls den ganzen Inhalt, es waren zwei Bündel von je hundert Tausendkronenscheinen. Sie steckte er in die Brusttaschen des Sakkos, das er trug. Ein dünner Gummiüberzieher, eine sogenannte Gummihaut, fand in einer Seitentasche des Sakkos Platz, eine Reisemütze in der anderen. Ein kurzer Pelzrock wurde einem Schrank entnommen und über die Ledertasche gelegt, wieder und wieder tat Fels einen Blick in den aufgeschlagenen Reisekurier, dann rief er seinen Diener herein.

„Urban, passen Sie genau auf. Mit dem Fünfuhrzug fahre ich nach Marburg. Sie gehen punkt vier mit dieser Reisetasche und mit diesem Pelzsakko vom Hause fort nach dem Südbahnhof, aber keine Minute früher, weil ich vorher einen telephonischen Anruf erwarte, und keine Minute später, damit Sie alles ordentlich besorgen können. Auf dem Südbahnhof lösen Sie mir eine Karte erster Klasse nach Marburg und erwarten mich mit ihr im Wartesalon. Wahrscheinlich werde ich erst im letzten Moment kommen. Diesen Brief hier – Fels überreichte dem Diener das Kuvert, in das er vorhin die über Nacht beschriebenen Bogen getan hatte – bringen Sie morgen vormittags meinem Freunde Doktor Bär nach dem Gebäude der Polizeidirektion am Schottenring." Während Fels sprach, kam ihm zum Bewußtsein, daß sein Diener heute absolut nicht mehr in die Wohnung zurückkehren dürfe, und schon hatte sich sein Hirn auf diese neue Schwierigkeit eingestellt. Er fuhr fort: „Wenn Sie mir auf dem Südbahnhof meine Karte und Tasche samt Pelz gegeben haben, so nehmen Sie sich für den nächsten Lokalzug, der um fünf Uhr dreißig Minuten abfährt, eine Karte nach Baden, gehen dort ins ›Esplanade-Hotel‹, bestellen mir drei Zimmer für übermorgen und besprechen mit dem Hotelier ein großes Souper für zwölf Personen. Die Speisenfolge überlasse ich Ihnen, Urban, ich bin überzeugt davon, daß Sie Ihre Sache gut machen werden. Sie übernachten dort und fahren morgen früh nach Wien, um zunächst dem Herrn Doktor Bär den Brief zu übergeben. Und hier haben Sie Geld zum Auslegen, als Angabe für den Hotelier in Baden und so weiter."

Der Diener versprach, alle Aufträge korrekt auszuführen, und steckte die erhaltene Tausendkronennote in seine Brieftasche.

Fels ließ sich vom Diener einen Übergangsrock reichen, steifen Hut und Stock, warf einen letzten prüfenden Blick auf alle die mit Liebe und Verständnis erworbenen Kostbarkeiten in der Wohnung, auf diese

Teppiche, über deren jeden einen er sich gefreut hatte, und ging dann entschlossen aus dem Hause. Im Haustor gegenüber aber sah er mit einem flüchtigen, unauffälligen Blick die beiden ihm aus seiner journalistischen Zeit her wohlbekannten Detektive, und er stellte auch fest, daß sie an der Straßenecke ein geschlossenes Automobil hatten, um ihm folgen zu können, falls er fahren sollte. Er aber zog es vor, seinem Chauffeur abzuwinken und gemächlich vor sich hinpfeifend einen Spaziergang über den Schwarzenbergplatz durch den Stadtpark und über den Ring zurück zum Restaurant Sacher zu machen. Seine Annahme, daß beide ihm folgen und nicht etwa der eine zur Beobachtung des Haustores zurückbleiben würde, bewahrheitete sich also. Demgemäß konnte später sein Diener Urban das Haus ungestört und ungesehen verlassen und sich nach dem Südbahnhof begeben.

Während Fels das Restaurant Sacher betrat und sich dem Mittagmahl scheinbar mit derselben Gemütsruhe widmete, wie an anderen Tagen, gingen die Detektive draußen auf und ab. Fels aber konnte minutenlang keinen klaren Gedanken fassen. Wie der Refrain eines Gassenhauers verfolgte ihn der in sich hineingesprochene Satz: „Ich muß ihnen einen Vorsprung abgewinnen, einen kleinen Vorsprung, wenn auch nur von einer Minute."

Ja, von diesem Vorsprung hing alles ab. Er mußte die Detektive los werden, und zwar zu einem ganz bestimmten Zeitpunkt los werden. Und wenn ihm dies gelang, wenn er in dem Zug saß, ohne daß sich die Häscher hinter ihm auf das Trittbrett schwangen, dann lag es im Bereich der Möglichkeit, sich die Freiheit zu sichern, das Leben zu retten. Und „Grace, Grace" mußte er immer wieder vor sich hinmurmeln und dabei den Rest seiner Selbstbeherrschung aufwenden, um nicht laut zu denken.

Gegen halb drei Uhr verließ Fels das Restaurant. Die Detektive gingen hinter ihm her auf der anderen Seite der Straße und Fels erkannte, wie müde, verdrossen, abgespannt sie waren. Natürlich, sie müssen hungrig sein, die armen Kerle, dachte Fels. Bei Sacher zu essen trauen sie sich nicht, weil die karg bemessenen Spesengelder dazu nicht reichen. Mißwirtschaft, verzopfte, naive Vigilanzmethoden! Darüber ließe sich, wenn man noch Journalist wäre, gut schreiben. Und er lachte schmerzlich auf und wunderte sich über die Gedankensprünge eines Mannes, der zwischen Leben und Tod schwebte. Unwillkürlich griff er an die rückwärtige Hosentasche, in der der geladene Browning ruhte.

Fels ging durch die Kärntnerstraße nach dem Ring, an den Hotels vorbei, blieb vor der Auslage einer Blumenhandlung stehen, betrat den Laden und verließ ihn wieder, eine volle gelbe Nelke im Knopfloch des dunklen Überrockes. Mit Befriedigung fing er durch das Spiegelfenster einen Blick der Detektive auf, einen Blick, durch den die beiden sich sicher sagten, daß der Mann, denn sie da rätselhafterweise zu vigilieren hatten, durchaus nicht fluchtverdächtig erscheine. Nun aber ins „Café Imperial" hinein, wo sich das Entscheidende abspielen mußte. Als Fels diesem Lokal, das den einen Parterreflügel des „Hotel Imperial" einnimmt, während der andere Flügel von einem Restaurant okkuppiert wird, zusteuerte, wandelte sich der gequälte, zermürbte Gesichtsausdruck der Detektive in ein behagliches Lächeln. Fels, dem die Scheiben und Spiegel der Auslagefenster immer wieder als Rückblicksmöglichkeit dienten, verstand die Metamorphose: Im Café konnten sich die Beamten in seine Nähe setzen und ihren Hunger stillen. Fels nahm im letzten Saal ganz nahe von Garderobe, Telephonzelle und Toilette Platz, die Detektive setzten sich an den zweitnächsten Tisch und stürzten sich mit Heißhunger auf Kuchen und Melange, während das Objekt ihrer Nachstellung an seinem Mokka nippte und sich scheinbar ganz in die Lektüre der Zeitungen vertiefte. Von Zeit zu Zeit trat an Fels ein Bekannter heran, mit dem er sich laut und fröhlich unterhielt, und als der eine der Detektive, der Dworschak, sich zu dem anderen, Nowotny, beugte und ihm etwas zuflüsterte, hätte Fels darauf geschworen, daß folgende Worte gesprochen wurden: „Du, der sieht nicht aus, als wenn er wüßte, daß man hinter ihm her ist."

Nach einer Weile stand Fels auf und ging durch die Garderobe in die Telephonzelle. Man hörte, wie er unaufhörlich anläutete und immer lauter sein „Hallo!" in die Sprechmuschel rief, dann kam er aus der Zelle heraus und sagte, während er sich wieder setzte, halblaut:

„Verdammte Wirtschaft, keine Verbindung zu bekommen!" Er hatte aber genau beobachtet, wie der eine der Detektive an einen Zeitungstisch getreten war, von dem aus er die Telephonzelle im Auge behalten konnte. Nun wiederholte sich derselbe Vorgang mehrmals hintereinander: Fels rannte immer wieder in die Zelle, läutete, schrie, tobte, erweckte den Anschein, als würde sich die Beamtin nicht gemeldet haben, kehrte zu seinem Tisch zurück, beschwerte sich bei den Kellnern über die telephonische Mißwirtschaft, kurzum, er führte eine Szene auf, wie sie in den Kaffeehäusern Wiens zu den Alltäglichkeiten gehört. Anfangs war immer ein Detektiv aufgestanden, um seinen Aufenthalt in der Zelle zu kontrollieren, und Fels begann maßlos nervös zu werden, da die Zeit verrann und die Minute der Entscheidung näher kam. Schließlich entschloß er sich, seine Taktik zu ändern. Bisher hatte er getan, als wenn er die Detektive nicht gesehen hätte, jetzt aber, als er zum etwa sechstenmal aus der Telephonzelle kam, sah er sich schimpfend im Kreise um und ließ seinen Blick auf die Polizeibeamten fallen. Ein Zögern, ein Erkennen, diskretes Zuwinken. Die Detektive waren bedeutend verlegener als er, da er auf sie zutrat und sie begrüßte. Fels klopfte sie jovial auf die Schultern, bot ihnen aus seinem Zigarettenetui an, ließ sie mehrfach zugreifen, beugte sich hinab zu den beiden Beamten und sagte im Flüsterton:

„Hübscher Sache auf der Spur? Sie wissen ja, ich bin diskret, sagen Sie mir, hinter wem Sie her sind."

Da aber die Detektive verlegen lachend abwehrten, drang er nicht weiter in sie, sondern beklagte sich wieder über das Telephon und begab sich abermals in die Zelle. Und jauchzte innerlich auf: keiner der beiden Beamten war aufgestanden, um ihm zu folgen – sie glaubten definitiv an die Telephonmisere!

Noch einmal wiederholte Fels den Versuch, und wieder gelang er; die Detektive sahen ihm wohl verstohlen nach, dachten aber nicht mehr daran, aufzustehen. Und nun mußte gehandelt werden, die Uhr wies auf fünfzehn Minuten vor fünf, es kam jetzt auf die Sekunde an.

Fels rief den Detektivs lachend zu: „Jetzt versuch' ich's zum letztenmal!" und ging zur Zelle. Dann aber an dieser vorbei zu der Türe, die in die Küche führte. Dem Koch, der breit und behäbig unter den übrigen Küchenangestellten stand, flüsterte Fels zu: „Sie, ich möchte einem Frauenzimmer, das vor dem Kaffeehaus auf mich lauert, entkommen, kann ich von hier ins Restaurant gehen?"

Koch, Köchinnen, Küchenjungen, Abwaschweiber, – sie alle kreischten vor Vergnügen über die Liebesaffäre des Herrn und wiesen ihm den Weg. Durch die Küche kam Fels in einen dunklen Vorraum, von diesem durch eine Tür nach dem Hof und quer über den Hof gelangte man in die Küche des Restaurants und von dort mühelos in das Restaurant selbst. Unterwegs aber riß Fels die Gummihaut und die Reisekappe aus den Taschen, und als er durch das Restaurant schritt, sah er wie jemand aus, der von einer Reise kam oder eine antreten wollte. Dankend schritt er an den grüßenden Kellnern, die ihn kannten, vorbei, mit Riesensätzen sprang er über den Ring zum „Grand Hotel", vor dem zahlreiche Fiaker und Automobile standen. Er warf sich in das Auto, das ihm den Eindruck der größten Leistungsfähigkeit machte, und rief dem Chauffeur zu: „Fünfzig Kronen, wenn ich noch am Südbahnhof den Fünfuhrzug erreiche!" Und schon sauste der Wagen durch die Prinz-Eugen-Straße, dem Südbahnhof zu, wo Fels bleich, aber mit beherrschten Muskeln fünf Minuten vor fünf Uhr eintraf. Er stürmte die Treppen hinauf, hörte die letzten gebieterischen Einsteigerufe der Schaffner, aber da stand auch schon der Diener Urban, der ihn mit einem „Gott sei Dank, ich dachte, der gnädige Herr versäumen den Zug" begrüßte und ihm mit der Ledertasche und dem Pelzsakko nach einem Abteil erster Klasse folgte.

„Adieu, Urban, besorgen Sie alles so, wie wir es besprochen haben!" – ächzend zieht die Lokomotive an und der Zug setzt sich in Bewegung. Fels beugt sich tief hinaus, um Urban noch einen Auftrag zu geben, in Wirklichkeit aber übersieht er den ganzen Bahnsteig und stellt fest, daß von den Detektivs weit und breit nichts zu sehen ist. Dann aber sinkt er erschöpft auf seinen Sitz und muß die Augen schließen, um einen Anfall von Schwäche zu überwinden. Der Kondukteur kommt und knipst die

Karten ab. „Der Herr fährt direkt nach Marburg?“ – „Jawohl,“ erwiderte Fels gähnend. – „In Marburg ist Paß- und Zollrevision“, belehrt der Schaffner und wendet sich einer alten Dame zu, der einzigen Mitreisenden in diesem Abteil.

## Siebentes Kapitel

Nach knapp einer Stunde hält der Expreßzug zum erstenmal fahrplanmäßig in Wiener-Neustadt. Dem Manne auf der Flucht klopfen die Pulse, jagt das Blut in rasendem Laufe durch die Adern. Er setzt die Mütze auf, zieht den Pelz an, ergreift die Ledertasche und beugt sich aus dem Fenster. Nichts Verdächtiges! Bier, Würstel und Bäckereien werden ausgerufen, es steigt niemand ein, niemand verläßt den Zug. Der Schaffner eilt nach vorne zum Postwagen und dies ist der geeignete Moment für Fels, um auszusteigen und den Bahnhof zu verlassen.

Es ist sechs Uhr, die Märznacht ist herabgesunken, der Platz vor dem Bahnhof nur notdürftig erleuchtet. Ein Einspänner mit einem elenden, mageren Gaul will eben, da ihm die Situation aussichtslos erscheint, wegfahren, als Fels ihn anruft: „Steinfeldstraße zehn.“ Über den langen Weg brummend, haut der Kutscher auf das arme Roß ein, das sich hinkend und schwankend in Trab setzt. Der Weg ist wirklich weit und fast eine halbe Stunde sitzt Fels, innerlich fröstelnd, in die Wagenecke gekauert, und denkt scharf und unablässig nach und überlegt, wie groß die Chancen sind, heute noch, so wie er es wünscht, Wiener-Neustadt zu verlassen. Und heute muß es sein, – morgen gebe es von hier aus keinen Weg mehr in die Freiheit, sondern nur den nach dem Gefängnis und in den Tod. – –

Endlich hat der Wagen das Haus in der Steinfeldstraße erreicht. Fels entläßt den Droschkenkutscher noch nicht, sondern heißt ihn warten. Er klimmt eine halbdunkle Treppe hinauf und steht vor einer Tür, auf der eine Visitenkarte mit Reißnägeln befestigt ist: „Franz Peters, Major, Leiter des Miliz-Ausbildungsinstitutes für Flugwesen.“ Fels zwingt sich zu einem

Lächeln, zur Ruhe, strafft seinen Körper, reckt sich und zieht an der Türglocke. Eine ältere Frau, wohl die Wirtschafterin Major Peters', öffnet. „Ist der Herr Major zu Hause?“ – „Nein.“ – Fels schrickt zusammen, wagt fast nicht, die nächste Frage zu stellen: „Wo ist er? Kann man ihn erreichen?“ – Gleichgültig kommt die Antwort: „Er wird im ›Café Korso‹ sein, dort ist er immer um die Zeit.“ Fels tritt an die Frau näher heran, drückt ihr eine Banknote in die Hand und sagt: „Liebe Frau, ich muß den Herrn Major so rasch als möglich sprechen. Unten wartet ein Einspänner, setzen Sie sich hinein und holen Sie den Herrn Major. Sagen Sie ihm, ein alter Kamerad erwarte ihn zu Hause. Ich selbst bin nämlich zu müde, um wieder mit dem Einspänner in die Stadt zu fahren.“

Die Frau hat inzwischen die Banknote entfaltet und ist so maßlos beglückt und überrascht, als sie sieht, daß es ein Zwanzigkronenschein ist, daß sie förmlich verjüngt den Fremden den Weg in die Wohnung führt und dann die Treppen abwärts rennt, um den Auftrag auszuführen.

Fels sitzt abgespannt in dem sogenannten Salon des Majors Peters, einem mit billigem, schäbigem Tand angefüllten Zimmer, das genau so aussieht, wie zehntausend andere möblierte Zimmer in Wien, Berlin, Hamburg und anderen Städten, und läßt die Erinnerung an den Kriegskameraden vorübergleiten. Peters hatte mit ihm und Bär zusammen gedient und gekämpft, aber schon nach wenigen Monaten hatte der schneidige, draufgeherische Oberleutnant Peters, ein herzensguter, leichtsinniger, ewig verschuldeter und ein wenig beschränkter Berufsoffizier, sich zu einem Fliegerkurs gemeldet Nach kurzer Ausbildung begann er sich als Kampfflieger zu betätigen, schoß einen Italiener nach dem anderen ab, bekam die höchsten Auszeichnungen, avancierte außertourlich und wurde Major, als der Zusammenbruch kam. Jetzt war er der eigentliche Chef des aeronautischen Ausbildungswesens der Miliz und als solcher ein großer Herr in Wiener-Neustadt, dabei aber ein armer Schlucker, der vor Schulden nicht ein noch aus wußte, mit unerhörtem Pech Karten spielte und immer seinen Ruin vor Augen hatte. Fels war im Feld und späterhin, wenn er mit ihm in der Etappe zusammen war, gut befreundet mit dem harmlosen, liebenswürdigen Menschen geworden und gestern nachts, als er in seiner Wohnung in der Schwindgasse auf und ab gegangen und nach der Ritze gesucht und geforscht hatte, durch die er die furchtbare Falle verlassen könnte, waren seine Gedanken auf Major Peters haften geblieben.

Endlich – die Uhr wies auf halb acht – hörte Fels das Anrollen der Droschke und gleich darauf flog die Türe auf und Major Peters stand vor ihm. Ein Jubelruf und der Offizier flog ihm um den Hals: „Mensch, Freund, wie lieb von dir, daß du dich blicken läßt! Aber warum hast du dich nicht vorher angesagt, ich hätte dich doch dann mit Auto bei der Bahn erwartet – – –."

„Nein, Peters, gerade so ist es recht, ich wollte dich allein sprechen und es braucht niemand zu wissen, daß ich dich aufgesucht habe. Du weißt, daß ich in Amerika war?"

„Natürlich, es wurde mir erzählt," schrie Major Peters aufgeregt, „und du sollst ja dort Eisenbahnkönig oder so etwas geworden sein und unerhört viel Millionen verdient haben – weißt du, vorige Woche war ich nahe daran, dich um einen Tausender anzupumpen, aber ich wußte deine Adresse nicht, und dann dachte ich mir auch, daß du jetzt, wo du so reich geworden bist, vielleicht anders –"

„Quatsch," unterbrach ihn Fels mit etwas gequältem, ungeduldigem Lachen, „und nun setz' dich einmal hierher und laß dir erzählen, warum ich dich aufgesucht habe."

Mit sehr ernster, eindringlicher Miene erzählte Fels nun eine ganz wilde, tolle Geschichte von einer jungen Amerikanerin, die er drüben kennen gelernt und in die er sich verliebt habe. Eine Nichte von dem alten Ölgötzen Rockefeller, klotzig reich, so an die hundert Millionen Mitgift und dabei überaus schön. Aber spleenig, durchaus spleenig, wie es ja bekanntlich die reichen jungen Amerikanerinnen alle seien. Major Peters nickte bestätigend, ja, er habe auch schon davon gelesen, erst vor kurzem kam in einem rot gebundenen Roman eine solche Dame vor, zwar eine Engländerin, aber das kommt wohl auf dasselbe heraus.

Fels, der in dieser furchtbaren Situation ein Lächeln nur mühsam unterdrücken konnte, sagte: „Jawohl, es kommt auf dasselbe heraus“ und fuhr dann fort:

„Nun stelle dir vor, wir waren eigentlich schon einig, ihre Eltern wollten den Segen geben, da plötzlich verlangte Evelyn Rockefeller, so heißt sie, einen Aufschub. Sie motivierte diesen Wunsch nicht, sondern verlangte einfach, ich möge nach Wien zurückfahren und sie selbst werde bald nachkommen und mich dann auf die Probe stellen, indem sie etwas ganz Außergewöhnliches, Unerhörtes, beinahe Unerfüllbares von mir verlangen würde. Also, lieber Peters, ich will mich kurz fassen: Ich mußte natürlich ihren Wunsch erfüllen, fuhr nach Wien und wartete hier mit Sehnsucht auf ein Lebenszeichen der Braut. Heute kam es, und zwar mittags, in Gestalt dieser Depesche.“ Dabei hielt Fels dem Major eine Depesche unter die Augen, die er von Grace bekommen hatte. Peters, der nicht ein Wort Englisch verstand, platzte beinahe vor Ungeduld und Spannung, drehte die Depesche ratlos hin und her und forderte Fels auf, ihm endlich zu sagen, was da geschrieben stehe.

„Ach so,“ sagte Fels leichthin, „du kannst nicht Englisch, verzeih', ich wußte das nicht. Also, die Depesche lautet: ›Mein Geliebter, wenn du mich morgen, Donnerstag, um zehn Uhr vormittags vor dem Hauptportal des Domes in Mailand triffst, will ich dein Weib werden.‹ Die Depesche ist heute früh dringend in Mailand aufgegeben worden.“

Major Peters hielt es sitzend nicht länger aus. Er rannte wie toll rund um den Tisch und brüllte immer: „Nein, diese Weiber, diese Weiber! Was diesen Weibern nur einfällt! Alle werden sie zuerst im Kopf verrückt!“ Und dann stehenbleibend, mit einem mitleidigen Blick auf Fels: „Also, da kann man nichts machen, adieu, Amerikanerin, adieu, hundert Millionen!“

Sehr ruhig aber erwiderte Fels:

„Nein, lieber Freund, wenn du mir hilfst, so läßt sich die Sache machen, ich kann dann morgen um zehn Uhr und sogar noch früher meine Braut in Mailand umarmen.“ Und als der Major ihn verwundert und kopfschüttelnd anglotzte:

„Du bist doch hier im Flugzeugwesen der höchste Offizier, nicht wahr?“

Ein verständnisloses Nicken.

„Die Entfernung von hier nach Mailand beträgt, den Umweg über Triest gerechnet, rund siebenhundert Kilometer. Soviel ich weiß, können euere neuen Ostmarkapparate eine solche Strecke ohne Zwischenlandung in sechs bis sieben Stunden zurücklegen. Es ist jetzt halb acht, wenn wir in einer Stunde, sagen wir anderthalb Stunden, starten, so würden wir, vorausgesetzt, daß alles glatt geht, zwischen drei und vier Uhr morgens in Mailand landen. Du siehst also, wenn du mir helfen willst, so bekomme ich die Mitgift mitsamt der Frau.“

Major Peters begann furchtbar zu lachen. Zuerst war es wenigstens ein gewöhnliches, lautes Offizierslachen, nach und nach aber ging es in ein Heulen und Wiehern über und weinend, schnaubend, schneuzend und prustend schrie er: „Tolle, amerikanische Idee, echt amerikanisch, toll, zum Wälzen.“

Fels war auf derartiges gefaßt gewesen und er begann mit diesem primitiven Menschen zu ringen, langsam, zäh, unaufhaltsam. Er drückte ihn immer wieder in den Stuhl nieder, setzte ihm immer wieder auseinander, daß für ihn, den kühnen, ruhmreichen Flieger, dieser Flug nach Mailand doch ein Kinderspiel sei, und als er ihm das endlich klargemacht, begann er ihn bei der Gefühlsseite zu fassen, sprach mit zitternder Stimme von unauslöschlicher Liebe, von einem Nichtlebenkönnen ohne Evelyn, und zog schließlich, als er sah, wie Peters gerührt und schwach wurde, die Pistole aus der Tasche und sagte groß und feierlich: „Entweder ich bin morgen um zehn Uhr in Mailand oder ich schieße mir eine Kugel durch den Kopf.“

Niedergeschmettert, vernichtet, schwitzend hatte Major Peters nur noch einen Einwand: „Menschenkind, gut, ich fliege! Aber was soll dann aus mir werden? Wie komme ich zurück, wie verantworte ich mich beim Staatsamt, was tue ich, wenn man mich glatt in Pension schickt?“

„Deine Fragen sind leicht zu beantworten“, sagte Fels, indem er brüderlich-zärtlich die Schulter des Majors umfaßte. „In Mailand besorgen wir so rasch als möglich das Benzin für den Rückflug. Natürlich ziehst du dir Zivil an, so daß dir dort seitens der Behörde überhaupt nichts geschehen kann. Und gibt es doch irgendwelchen Anstand, so genügen meine amerikanischen Beziehungen wahrhaftig, um die Sache in zehn Minuten zu ordnen. Und was deine sonstigen Befürchtungen anbelangt, nun, du wirst doch nicht geglaubt haben, daß ich einen solchen Freundschaftsdienst ohne Revanche annehmen würde. Sieh, hier sind hunderttausend Kronen, nur ein geringer Teil dessen, was mir Evelyn in die Ehe mitbringt. Und diesen Betrag gestatte ich mir, lieber Kamerad, dir jetzt schon als kleine Remuneration zu überreichen.“

Major Peters hielt das Päckchen Banknoten in der Hand und vor seinen Augen drehte sich alles. Das bedeutete für ihn Befreiung von allen Gläubigern, die Möglichkeit, seinem Vetter ein schönes, kleines Gut in der Steiermark abzukaufen, freiwillig in Pension zu gehen und sich auf dem eigenen Grund und Boden als Herr, als freier Mensch, als Grundeigentümer zu fühlen. Dieser Mensch, der in der internationalen Welt der Aviatiker berühmt geworden war, sehnte sich mit Inbrunst nach einer friedlichen Beschäftigung, die ihn an den soliden Boden fesseln würde. Alle weiteren Bedenken waren dahingeschmolzen wie verspätete Schneeflocken in der Aprilsonne; jetzt hieß es für ihn nur mehr fliegen, so rasch als möglich nach Mailand fliegen!

Von einem benachbarten Wirtshaus aus telephonierte Major Peters nach dem nicht mehr fernen Flugfeld und ließ sich mit dem Auto abholen. Das Flugfeld lag in tiefem Schlaf da, nur die Wache, bestehend aus einem Unteroffizier und drei chargenlosen Soldaten, war auf. Major Peters, dem jetzt eine Nase oder sogar die Verabschiedung plus eines etwaigen Zimmerarrestes ganz gleichgültig erschien, rief den Unteroffizier beiseite, teilte ihm mit, daß er in höherem Auftrag sofort einen Fernflug in Begleitung eines Kameraden – er wies dabei auf Fels – zu absolvieren habe. Die Sache sei diskret zu behandeln, er möge ja niemandem etwas davon erzählen. Er hoffe übrigens, im Laufe der Nacht oder am nächsten Morgen zurück zu sein. Da Fels dem Unteroffizier gleichzeitig einen Hunderter in die Hand drückte und dann einen weiteren Hunderter mit dem Auftrag übergab, mit den Kameraden zusammen den Rest der Nacht bei einem guten Punsch zu verbringen, so ging alles weitere sehr rasch vonstatten. Benzinreservoir, Ölbehälter, Kühler wurden gefüllt und versorgt, ein mächtiger, neuer, aber gut ausprobierter Ostmark-Eindecker aus dem Hangar gezogen und die abenteuerliche Fahrt angetreten. Es war doch fast zehn Uhr geworden, bevor die Karten aus dem Bureau herbeigeschafft waren und die beiden Männer – auch Major Peters trug Zivil und hatte auf Anraten seines Freundes alle Legitimationen abgelegt – ihre Sitze erklimmen konnten. Die Ledertasche ließ dabei Fels nicht aus der Hand, und nun wurde der Motor angelassen, die Propeller wirbelten wie toll im Kreise, zitternd hüpfte der große Vogel über die glatte Erde, um sich dann zu heben, in Spiralen zu mächtigen Höhen emporzuschrauben und südwärts bei sternenheller Nacht davonzueilen.

## Achtes Kapitel

Als es Oskar Fels in Wien einfach auf Grund gewisser psychologischer Voraussetzungen gelungen war, sich der Kontrolle der beiden Detektivs zu entziehen, hatte er tatsächlich dadurch nur einen Vorsprung von wenigen Minuten erlangen können. Er war abermals zum Telephon gegangen, „jetzt zum letztenmal“, wie er erklärte, und als er nach zwei oder drei Minuten noch nicht zurück war, meinte der eine der beiden Polizeibeamten zum anderen, daß es diesmal dem Herrn Fels wohl gelungen sei, eine Verbindung zu bekommen. Der andere war auch dieser Meinung, stand aber doch auf, um einen Blick in die Zelle zu werfen. Und holte bleich den Kameraden, indem er ihm zuflüsterte: „Er ist fort.“ Als erfahrene Polizisten beherrschten sie sofort wieder die Situation. Zweifellos – Fels war mit Hinterlassung von Rock und Hut davon, und zwar durch diese Türe, die in die Küche führte. Sie nahmen denselben

Weg, bekamen vom Koch, nachdem sie sich durch ihre Blechmarke ausgewiesen, Aufklärung, stürmten über den Hof, durch das Restaurant auf die Straße – aber von Fels war keine Spur mehr zu sehen. Der eine der Detektivs rannte nun nach dem Haus in der Schwindgasse, der andere verständigte telephonisch Dr. Bär, der seinerseits nun ein Heer von Beamten, die Bahnhofpolizei, die Portiers der Hotels mobilisierte und den Telegraphen nach allen Richtungen spielen ließ.

Dr. Bär kombinierte ganz richtig, daß Fels den ganzen Plan der Flucht auf den Fünfuhr-Expreßzug der Südbahn hin angelegt habe, aber dieser Zug war längst weg. Bevor die Verständigung der Strecke vor sich gegangen war, mußte eine weitere Stunde vergehen, es war schwerlich möglich, den Expreßzug vor Gloggnitz durch das dortige, wahrscheinlich sehr unbeholfene Gendarmeriekommando visitieren zu lassen. Immerhin, – bis zur Grenze würde Fels mit diesem Zug nicht gelangen können. Dr. Bär, der nichts mehr im Auge hatte, als fest und brutal zuzugreifen, ließ alle Orte zwischen Wien und Gloggnitz besonders verständigen, wobei er annahm, daß Fels unterwegs auch in den Stationen, in denen der Zug nicht hielt, dank seiner körperlichen Gewandtheit abgesprungen sein konnte oder vielleicht gar durch Ziehen der Notbremse den Train irgendwo zum Stillstand gebracht hatte.

Der Zufall wollte es, daß ein Detail des von Fels entworfenen Planes durchkreuzt wurde. Die Kurrende von der Flucht des des Raubmordes verdächtigen Privatiers Oskar Fels kam auch rasch nach Baden und wurde auf der Polizei von den Beamten laut besprochen, als eben der Portier des „Hotels Esplanade“ in einer Meldungsangelegenheit anwesend war. Gerade hatte einige Minuten vorher der Diener eines Herrn Oskar Fels für die nächsten Tage Zimmer und ein großes Souper bestellt und der Zusammenhang war rasch gegeben. Der Diener Urban wurde sofort festgehalten, Dr. Bär telephonisch verständigt und auf seinen Befehl der Diener schleunigst mittels Auto nach Wien gebracht. Dr. Bär verhörte ihn, sah sofort, daß dieser Mann vollständig unschuldig sei, und entließ ihn auch, nachdem Urban dem Kriminalkommissär noch den Brief seines Herrn übergeben hatte. Nochmals erließ Dr. Bär allerlei Verfügungen, die

die Ergreifung des Flüchtigen fördern sollten, und es war Mitternacht, als er sehr erregt, voll von schmerzlichen Empfindungen, den Brief auseinanderfaltete und Bogen um Bogen zu lesen begann. Fels hatte in der Nacht vorher, nachdem sein Fluchtplan feststand, dem Freunde folgendes geschrieben:

„Wenn du diesen Brief in Händen hast, so gibt es zwei Möglichkeiten: Entweder war ich doch gescheiter, als es eine verehrliche Polizei zu sein pflegt, und habe ein Versteck gefunden, das sicher und gut ist, oder ich bin überhaupt nicht mehr. Denn lebendig werden mich deine Häscher, die du hinter mir hergeschickt hast, nicht ergreifen. Im entscheidenden Momente, wenn ich sehe, daß ich endgültig verspielt habe, werde ich ein Ende zu machen wissen und dein Beamtenehrgeiz wird sich dann nur einer Leiche, nicht aber des lebendigen Oskar Fels rühmen können.

Doch ich sehe, daß ich bitter werde, und das will ich nicht. Jeder Mensch handelt schließlich nach seinem besten Wissen und Empfinden und es liegt nur in deiner Natur, daß du in ganz kurzer Zeit die Freundschaft zu mir überwinden konntest und nichts mehr in mir siehst, als das reißende, gesellschaftsfeindliche Tier, das überwältigt werden muß. Ich natürlich würde an deiner Stelle anders gehandelt haben, aber das ist ja ganz bedeutungslos, weil ich eben wahrscheinlich wirklich antisozial und durchaus nicht von dem schönen Bewußtsein durchdrungen bin, daß die menschliche Gesellschaft unter allen Umständen dem Individuum vorzuziehen sei. Ich schreibe aber diesen langen Brief wahrhaftig nicht, um mit dir zu rechten, sondern nur, um alles klarzustellen, und weil es mir in dieser Stunde zwischen Tod und Leben ein wahres Bedürfnis ist, meine Tat zu erklären. Nebenbei wirst du auch als Polizist vielleicht durch mein Geständnis einiges lernen können.

Also: Es war in der Nacht von Maria Lichtmeß des Vorjahres, am 2. Februar also, ich kam frühzeitig aus der Redaktion und ging, sehr schlecht gelaunt, erbittert über Widerwärtigkeiten mit Bureaukollegen, voll Sorge für die nächsten Tage, an denen einige Wechsel mit für mich bedeutenden Beträgen fällig wurden, den Ring entlang. An der Kärntnerstraße wollte ich abbiegen, um zu euch ins ›Café Central‹ zu gehen, aber meine schlechte Laune nahm mit jedem Schritt so überhand, daß ich es vorzog, allein zu bleiben und mich ins ›Café Heinrichshof‹ gegenüber der Oper begab. Kaum hatte ich Platz genommen, als mich vom Nebentisch ein Herr zu fixieren begann. Ich erwiderte die beharrlichen Blicke und war mir sofort im klaren darüber, daß ich den Herrn schon kannte, ohne aber zu wissen, wer er sei. Da stand er auf, ging auf mich zu und fragte sehr schüchtern und verlegen, während ein fast mädchenhaftes Rot über das hübsche, noch sehr jung aussehende Gesicht zog, ob ich nicht ein gewisser Oskar Fels sei. Und als ich bejahte, stellte er sich als August Langer vor. Um mich kurz zu fassen: Dieser August Langer war mein Schulkollege von der ersten bis zur fünften Gymnasialklasse gewesen und dabei mein bester Freund, mein unzertrennlicher Gefährte. Es waren wieder einmal die Gegensätze gewesen, die sich angezogen hatten. Er war fleißig, gewissenhaft, bescheiden, artig, liebenswürdig, von einer mädchenhaften Zartheit und Feinheit des Empfindens, ich revolutionär, rauflustig, stets bereit, den Professoren irgend etwas anzutun, faul, aber sehr begabt. Als der bildhübsche Knabe August Langer eines Tages unterwegs von Realschülern überfallen wurde und in Gefahr geriet, gründlich verprügelt zu werden, erschien ich gerade auf dem Plan, warf mich auf die drei oder vier Feinde, schlug den einen mit einem Hieb zu Boden, versetzte dem andern einen Faustschlag, daß er Nasenbluten bekam, und konfiszierte dem dritten, der die Flucht ergriff, seine Mütze. Von da an hing August mit zärtlicher Liebe an mir, er bewunderte mich, verehrte mich, teilte sein Taschengeld mit mir und wäre bereit gewesen, sich für mich aufzuopfern. Ich wieder liebte ihn auf meine Art, bemutterte ihn, teilte in seinem Interesse Ohrfeigen aus und tyrannisierte ihn. Er mußte mich auf meinen Ausflügen begleiten, Zigaretten rauchen, weil ich es tat, trinken, weil es mir behagte, kurzum, er stand furchtbar unter meinem Pantoffel, fühlte sich dabei aber sehr behaglich. Im Obergymnasium nahm die Knabenidylle ein Ende. August, der einen Onkel in England hatte, übersiedelte zu diesem; anfangs schrieben wir uns fleißig, dann verbummelte ich den Briefwechsel, wir verloren uns ganz aus Auge und Gedächtnis, und es waren wohl zwanzig Jahre so vergangen, als wir uns nun im ›Café Heinrichshof‹ wieder trafen. Für mein

Empfinden hatte sich August Langer wenig verändert. Er hatte noch immer etwas Weiches, Katzenartiges und Weibliches an sich, sah viel jünger aus, als er war, machte noch immer den Eindruck eines scheuen, schüchternen Menschen. Wir erzählten uns von unseren Lebensschicksalen und ich erfuhr zu meinem Erstaunen, daß August, der aus ganz kleiner, armer Beamtenfamilie stammte, ein ungeheuer reicher Mann, Industriekapitän im großen Stile und hervorragender Kriegsgewinner geworden sei. Er erzählte mir, allerdings sehr kurz und flüchtig, auch von seiner Frau und betonte, daß er durchaus nicht Herr seines Vermögens, sondern ganz abhängig von ihr und sogar von ihrer Schwester, die bei ihnen lebe, sei. Wir schwelgten dann in Jugenderinnerungen, das Wort ›erinnerst du dich‹ leitete jeden neuen Satz ein und wir wurden selbst wieder jung und lustig. Da sah August auf seine Uhr und meinte; daß es noch früh, erst elf Uhr sei, während die Parsival-Vorstellung, der eben seine Frau und seine Schwägerin beiwohnen, kaum vor Mitternacht beendet sein dürfte. Auf meine Frage, wie er dann nach Schluß des Straßenbahnbetriebes nach Hause ins Cottage kommen würde, erwiderte er leichthin, daß ja vor der Oper sein Auto warte.

In diesem Augenblick kam mir die Armseligkeit meines eigenen Lebens so recht zum Bewußtsein, ich dachte daran, daß ich als begabter, vielseitig gebildeter, sprachenkundiger und weit über den Durchschnitt intelligenter Mensch ein Vermögen von etwa zehn Kronen mein Eigen nannte, während die Schulden, die ich in der nächsten Zeit würde zahlen müssen, ein halbes Jahreseinkommen betrugen, und neiderfüllt seufzte ich tief auf und sagte: ›Dir ist es also gelungen, du bist wahrhaftig zu beneiden.‹

Da ergriff August meine Hand, preßte sie, sah mich mit seinen verschleierten, mädchenhaften Augen an und keuchte mir zu: ›Du beneidest mich, du, du starker, freier Mensch? Oh, wenn du wüßtest, wie elend und unglücklich ich bin!‹ Stoßweise kam nun die Beichte eines femininen, schwachen, fremdem Willen untertanen Menschen hervor. Ich bekam Einblick in ein düsteres Stück Kapitel psychopathia sexualis, sah ein zerrissenes, zerfetztes Menschenleben vor mir, das ich allerdings nicht hätte beneiden dürfen. Was du späterhin erforscht und kombiniert hast, war richtig gewesen: August Langer war von der millionenreichen Mabel Mac Lean geheiratet worden, und dieses hagere, dürre Weib war ebenso wie ihre verkrüppelte Schwester eine Megäre mit Herrschergelüsten, wie sie den Sexualforschern bis zum Überdruß bekannt sind. August selbst pflegte, ohne ein vollständiger Typus des femininen Mannes zu sein, doch leicht und willig unter die Herrschaft solcher Frauen zu geraten und er hätte auch in seiner Ehe gegen eine Beherrschung nichts einzuwenden gehabt, wenn sie erträglicher Art gewesen wäre. Das war aber nicht der Fall, wie er mit heißen Wangen und zuckenden Lippen eingestand. Die Perversionen der beiden Weiber hatten einen immer exzessiveren, brutaleren Charakter angenommen und sich schließlich zu Mißhandlungen, viehischen Quälereien, abscheulichen Zumutungen und Forderungen verdichtet. Dieses letztere Moment scheint das für August quälendste und lebenszerstörendste gewesen zu sein.

Erschreckt sah August während seiner Beichte immer wieder auf die Uhr, er fürchtete ersichtlich, daß die Vorstellung beendet sein und die Gattin ihn mit mir zusammen sehen könnte. Erst als wir durch einen Gast erfuhren, daß infolge einer Umbesetzung eine lange Pause eingetreten sei und die Vorstellung bis gegen halb ein Uhr dauern werde, beruhigte er sich, wobei er bemerkte: ›Weißt du, du bist gerade der Typus des starken Mannes, den meine Frau über alles haßt.‹

Wirklich erschüttert und voll Mitleid fragte ich August, warum er dieser Ehe nicht einfach ein Ende bereite. Mit erschreckten Augen sah er wie geistesabwesend vor sich hin und erwiderte: ›Nicht nur, daß ich so arm wie ein Bettler wäre, so würden sie mich verfolgen, öffentlich mit der Peitsche überfallen, sie ließen mich nicht los, sie würden mich wieder in ihre Gewalt bekommen und dann Gnade mir!‹

Da gab ich ihm einen Ratschlag aus dem tiefsten Grunde meines Herzens, einen aufrichtig und ehrlich gemeinten Rat, wie ihn wahrscheinlich in diesem Augenblicke die meisten anderen Leute auch gegeben hätten. Ich sagte nämlich kurz und bündig: ›Dann bringe die Weiber um!‹

Der arme Teufel muß sich mit dieser einzig möglichen Lösung schon oft genug beschäftigt haben, er war durchaus nicht überrascht, sondern erklärte ganz ernsthaft:

›Dazu bin ich zu feig und zu ungeschickt. Und wenn ich mich dazu sogar entschließen könnte, so würde ich sofort ertappt werden. Überhaupt, du weißt es ja aus unserer Schulzeit her: für heroische Dinge im guten wie im schlechten Sinne habe ich kein Talent.‹

Ganz in sich zusammengesunken saß er bei diesen Worten da und sah so rührend hilflos aus, ganz so, wie damals im Gymnasium, wenn er von Mitschülern gehänselt und gequält wurde und sich nicht anders zu helfen wußte, als indem er mir einen hilfesuchenden Blick zuwarf. Und so wie ich damals nicht anders konnte, als ihm wieder helfen, so hatte ich auch jetzt das dringende Bedürfnis, ihn unter meinen Schutz zu stellen und außerdem erfaßte mich eine rasende Wut gegen diese zwei englischen Megären, die in August nicht nur einen Mann, sondern die ganze Männlichkeit besudelten und in den Kot zerrten. Ich schlug ungestüm mit der Faust auf die Marmorplatte und schrie es beinahe heraus: ›Wenn du willst, so beseitige ich deine kostbare Gattin samt ihrer Schwester.‹

Natürlich war das nicht mein voller Ernst, sondern nur ein Ausbruch meines Unmutes. August aber sah mich mit großen Augen an und flüsterte tonlos: ›Oskar, wenn du das tun, wenn du mich aus diesem Elend, aus diesem täglichen Grauen erretten wolltest, – du würdest mir ein neues Leben schenken.‹ Da setzte sich in mir die Idee fest und nahm bestimmte Konturen an und meine journalistische Phantasie begann zu spielen, ein ganzer geheimnisvoller Kriminalroman baute sich vor mir auf. Ich schwieg eine Weile und dachte schließlich, daß ein solcher Doppelmord eine wahrhaftige Guttat wäre. Und ich sagte mir weiter, daß ich schließlich im Kriege eine ganze Anzahl von Menschen getötet hatte, die weder mir noch einem Freunde je etwas zu Leide getan und von denen vielleicht der Schlechteste mehr Wert gehabt hatte, als die beiden entarteten, perversen, blutsaugerischen Frauen. So wie ich nur mit dem Gedanken vertraut geworden war, eine Doppelhinrichtung auf eigene Faust vorzunehmen, begann ich auch konkret, sachlich und nüchtern zu denken und ich machte August klar, daß ein Raubmord fingiert werden müsse und er selbst sich nicht in Wien befinden dürfe weil sonst unbedingt ein Verdacht gegen ihn auf kommen würde. Er erklärte, daß er ohnedies in den nächsten Tagen geschäftlich nach Prag fahren wollte und diese Reise an einem beliebigen Tage antreten könnte. Und als wir nun immer wieder darüber sprachen, erfuhr ich, daß der Chauffeur und der Gärtner nicht in Wien weilten – der Chauffeur, der jetzt in seinem Dienste stand, war tagweise gemietet und schlief nicht bei ihm –, die Villa also nur von wenigen Leuten bewohnt war. Natürlich mußte ich die ›Villa Mabel‹ genau kennen lernen, und auch das fügte ein Zufall günstig. Am nächsten Abend würden die beiden Frauen wieder im Theater sein, August unter dem Vorwand heftiger Migräne seinen Diener mit dem Auto zum Abholen der Damen schicken und den beiden weiblichen Dienstboten Karten in ein Kino schenken, so daß ich abends um acht Uhr die ›Villa Mabel‹ aufsuchen konnte, ohne jemand anderen anzutreffen als August.

Ich schärfte ihm noch ein, keinem Menschen von der Begegnung mit mir zu erzählen, und dann entfernte ich mich, da ich merkte, wie August immer unruhiger und ängstlicher wurde, so daß Schweißtropfen seine blasse Stirn bedeckten. Ich wartete aber vor dem Kaffeehaus so lange, bis ich die Frauen kommen und gleich darauf mit August das Automobil besteigen sah. Nun, wir haben ja damals die Leichen der Frauen gesehen, und ich kann nur sagen, daß der Tod ihnen eher einige sympathische Züge verliehen hat. Als ich sie dicht neben mir auf der Straße sah, überfiel mich ein Grauen angesichts von so viel Bösartigkeit und Gemeinheit, wie sie in den Gesichtern der Frau Langer und deren Schwester lag. Und als August nach ihnen einstieg und dabei vielleicht die Schleppe der Frau Langer streifte, traf ihn ein kalter, schleimiger, giftiger Blick, unter dem er sich duckte wie unter einem Peitschenhieb. Das Auto rollte davon und mein Entschluß war gefaßt: ich wollte die Welt und den alten Schulfreund von dieser Haut und Knochen gewordenen Pestilenz befreien.

Daß diese ›Beseitigung‹ irgendeinen Vorteil für mich bringen könnte, kam mir überhaupt nicht in den Sinn. Ich erwog nur die Ausführung der Tat in allen Details und spazierte die halbe Nacht in den Straßen umher, bevor alles klipp und klar in mir festlag. Am anderen Abend erschien ich verabredetermaßen vor der ›Villa Mabel‹ und der halb heruntergelassene Vorhang im rechten Parterrefenster gab mir das Zeichen, daß ich eintreten konnte. Totenblaß, zitternd, in furchtbarer Angst, daß ich meine Zusage bereuen könnte, empfing mich August und ich orientierte mich genau über den Eingang, die Lage der Schlafzimmer, der Betten, der Nachtschränke und anderer Möbel und des Ortes, an dem die Schmuckkassette zu liegen pflegte. Schließlich händigte mir August die Schlüssel zum Gartentor und dem Hausportal ein und wir bestimmten, daß er am Morgen des 5. Februar, also am zweitnächsten Tage, nach Prag fahren, ich aber in der Nacht vom 5. auf den 6. Februar die Tat begehen sollte. Aus Gründen, die sich ja späterhin anläßlich der ungerechtfertigten Verhaftung Holzingers auseinandersetzte, entschloß ich mich, die beiden Frauen zu erwürgen, weil ich diese Art für die einzige, die keine Spuren hinterläßt und geräuschlos vor sich geht, hielt.

Bevor ich unbemerkt, wie ich gekommen war, die Villa wieder verließ, verabredete ich mit August noch eine Zusammenkunft am nächsten Nachmittag im ›Café Annenhof‹, da es immerhin möglich war, daß wir noch etwas zu besprechen hatten. Und noch immer war mir nicht der Gedanke gekommen, aus der gesetzwidrigen Tat, bei der ich nur an die Befreiung des armen Schwächlings und Vertilgung der beiden weiblichen Vampire dachte, irgendeinen Vorteil für mich zu ziehen. Am anderen Tag besprachen wir im ›Annenhof‹ nochmals in voller Ruhe die kommenden Ereignisse und August war es, der mir folgendes sagte: ›Wenn die Tat geschehen ist, bin ich nicht nur frei und unabhängig, sondern auch reich, sehr reich sogar. Und diesen Reichtum werde ich natürlich mit dir teilen. Die Hälfte meines Vermögens wird dein sein.‹ Ich wehrte zuerst heftig ab, der Gedanke, die Rolle eines gedungenen Mörders zu spielen, erschien mir grotesk, aber schließlich fügte ich mich den Argumenten Augusts, und über alle Bedenken und ästhetischen Skrupeln siegte mein

Lebenshunger, mein Wunsch, endlich selbst ein freier, reicher Mensch zu sein. Von einer Teilung wollte ich nichts wissen, sondern wir verblieben dabei, daß August mir am einundzwanzigsten Tag nach der Tat unter gewissen Modalitäten hunderttausend Pfund Sterling in englischen Aktien übergeben sollte.

Über die Ausführung der Tat habe ich nicht viel zu sagen. Ich tötete die beiden Frauen, und ich würde heucheln, wollte ich behaupten, daß ich dabei ein sonderliches Grauen, Gewissensbisse und Reue empfunden habe. Vielleicht sogar, daß ich in meinem Leben mehr Schmerz in dem Bruchteil einer Sekunde verspürte, wenn ich auf der Jagd ein schönes, edles Reh niedergeknallt hatte. Die Tötung war für mich nicht mehr als eine Tat der Notwehr, wenn auch nicht in eigener Not begangen, die Beseitigung von Lebewesen, die niemandem zu Nutze, mindestens einem zu Leide vorhanden waren und deren Gottähnlichkeit ich absolut negieren mußte.

Ohne gestört und beobachtet worden zu sein, konnte ich die ›Villa Mabel‹ verlassen, nachdem ich noch den Eindruck eines Raubmordes hervorgerufen und die Juwelen mitgenommen hatte. Ich begab mich von dort aus nach meiner Wohnung in der Porzellangasse und besah flüchtig das Geschmeide, das ich sorgfältig in ein Papier einschlug. Nur ein wundervoller Smaragd gefiel mir so gut, daß ich mich von ihm nicht trennen wollte, sondern in die Tasche steckte, um ihn andern Tages im Bureau in den Schreibtisch zu sperren, das Paket mit den Juwelen trug ich am nächsten Morgen, bevor ich ins Bureau ging, nach Dornbach und grub es irgendwo tief in die Erde unter einen Baum ein. Dort dürfte es jetzt noch ruhen. Die Smaragdnadel aber sollte mir noch gute Dienste erweisen. Als der arme Holzinger in Haft saß, warst du es, der mich von der bevorstehenden Festnahme des Schmiedeisen verständigte. Ich bat dich, anwesend sein zu dürfen, und benützte diese Gelegenheit, um dem alten Raubmörder die Nadel zuzustecken. Dadurch ermöglichte ich die Freilassung eines Unschuldigen und fühlte mich sehr erleichtert, denn das Schicksal Holzingers belastete mein Gewissen tausendmal mehr als der Tod der Frauen.

Am 27. Februar wurde ich zum reichen Mann. Nach unserer Verabredung traf ich im ›Café Bristol‹ an diesem Tage mit August, den ich nicht wieder gesehen hatte, zusammen. Ohne voneinander Notiz zu nehmen, ließen wir uns am selben Tische nieder, und für andere unmerklich, rückte August ein Paket an mich heran. Ich ging vor ihm fort und nahm das Paket mit, das die englischen Wertpapiere enthielt. Nun begann ich, dir gegenüber von einer bevorstehenden Änderung meiner Vermögensverhältnisse zu sprechen, machte die angebliche Reise nach Budapest, und alles übrige ist dir ja bekannt. Alles war vortrefflich ausgedacht, nach dem Tode des armen August, der sich seiner Freiheit nicht lange erfreuen konnte, war auch die letzte Möglichkeit einer Entdeckung geschwunden, niemals wäre das Rätsel der ›Villa Mabel‹ gelöst worden, wenn ich nicht eine kleine, dumme Unvorsichtigkeit begangen hätte. Als du mich vor wenigen Tagen – es scheint mir, als würden Jahre dazwischen liegen – auffordertest, dich in den ›Annenhof‹ zu begleiten, warnte mich eine innere Stimme. Ich schlug aber die Warnung als lächerlich in den Wind, ging mit und ein dummes, kleines Mädel, das sich in mich vergafft hatte, mußte mir zur Verderberin werden. Schicksal oder Zufall, höchst moralischer Eingriff eines überirdischen Waltens oder blindes, dummes Pech, – ich überlasse dies dir zur Beurteilung, denn ich habe für metaphysische Spielereien niemals etwas übrig gehabt. An dir wäre es gelegen, mich für meinen Leichtsinn büßen zu lassen, aber auch du warst leichtsinnig und hast die unverzeihliche Dummheit begangen, mich durch die Erzählung von der Momentphotographie des Mädchens zu warnen. Dafür sei bedankt, obwohl es sicher nicht deine Absicht war, mich zu warnen, sondern die Arroganz des Berufspolizisten, der einem Oskar Fels gegenüber durch Überraschung wirken wollte. Das ist dir vorbeigelungen, lieber Freund, und ich gebe zur Stunde, da ich diese Beichte niederschreibe, die Hoffnung absolut noch nicht auf, mir nochmals den Weg in die Freiheit zu bahnen. Und nun lebe wohl und gedenke mit nicht allzuviel Entrüstung deines langjährigen Freundes.“

Die Uhr wies auf die zweite Stunde, als Dr. Bär den Brief tiefaufatmend beiseite legte, um mit wehen, seltsamen Empfindungen zum letztenmal des Oskar Fels als eines Freundes zu gedenken. Dann ging er zum Haustelephon, ließ sich den journalhabenden Konzeptsbeamten kommen und diktierte ihm einen kurzen, aber inhaltsreichen Artikel über die „Aufklärung des Rätsels der Villa Mabel", den die Polizeikorrespondenz noch für die Morgenblätter ausgab. Wenige Stunden später war die Nachricht von der Flucht, Verfolgung und dem schriftlichen Geständnis Oskar Fels' in der ganzen Welt bekannt, in Wien wie in Berlin, in Paris wie in London. Und jenseits des Atlantischen Ozeans las eine junge, schöne Amerikanerin die Sensationsnachricht, die das Kabel herübergetragen hatte, während sie eben zum Frühstück sich einen zarten, geschälten Pfirsich mit Sahne übergoß. Und die schöne, junge Amerikanerin wurde noch weißer als die Sahne auf dem Teller und ein Blutstropfen perlte von ihrer Lippe nieder.

## Neuntes Kapitel

Fast zur selben Zeit beschrieb über der lombardischen Tiefebene ein Riesenvogel in der beginnenden Morgendämmerung seine Kreise und näherte sich aus Wolkenhöhe immer mehr dem Erdboden. Der Ostmark-Monoplan hatte unter Major Peters' geschickter Führung die ganze Nacht hindurch seinen Weg südwärts gemacht und der Pilot nach Berechnung der zurückgelegten Kilometerzahl, scharfer Beobachtung des Kompasses und der Karte eben dem schweigend hinter ihm sitzenden Fels zugerufen, daß sie sich nicht allzuweit von Mailand entfernt befinden dürften. Er stellte den Motor halb ab, ergriff die Höhensteuerung und langsam ging es in weiten Spiralen abwärts. Nun konnten sie schon trotz des leichten Nebels die Erde unter sich sehen und Peters konstatierte vergnügt, daß sie Ackerboden unter sich hatten, das richtige Terrain also zur Landung. Einige Minuten später und ratternd und polternd humpelte der Apparat über den Acker dahin, ein paar ächzende Umdrehungen der

Propeller noch und sie konnten beide mit halb erstarrten, steifen und wehen Gliedern ihre Sitze verlassen.

In einer Entfernung von etwa fünfhundert Metern befand sich das nächste Bauernhaus und schreiend, gestikulierend, schwatzend rannten von dort ein italienischer Bauer nebst Frau und einem halben Dutzend Kinder her. Fels, der italienisch fast ebensogut wie englisch sprach, ging ihnen entgegen und seine erste Frage war natürlich, wo sie sich eigentlich befänden. Der Bauer erklärte, daß das nächste Dorf eine halbe Gehstunde und dieses Dorf wieder zwei Gehstunden von Mailand entfernt sei. Tief aufatmend wandte sich Fels zum letztenmal dem Freunde zu:

„Du gehst nun mit dem guten Mann da in sein Haus, läßt dir ein Frühstück bereiten, ich werde indessen in das Dorf eilen und von dort aus telephonisch aus Mailand Benzin beordern. Ich eile dann nach Mailand weiter. Du wirst hier natürlich einen tüchtigen Preis für das Benzin bezahlen müssen und vielleicht auch sonst alle möglichen Spesen haben, ich gebe dir also noch Geld.“ Und während er dem Major, der nicht ein Wort Italienisch sprach und daher auf alle Fragen, mit denen der redselige Bauer ihn bestürmte, nicht antworten konnte, eine Summe von zehntausend Kronen einhändigte, fragte er:

„Wie ich gesehen habe, hast du die hunderttausend Kronen in deinen Schreibtisch eingesperrt? Ich rate dir nur, erzähle weder jetzt noch später irgend jemandem von dieser Summe und von wem sie herrührt, sondern behaupte einfach, daß du mir einen Freundschaftsdienst ohne weiteres Interesse geleistet hast. Es ist besser so, für den Fall, daß dich deine Vorgesetzten doch irgendwie schikanieren wollten.“

„Ach was,“ rief der Major fröhlich, „ich bin ein reicher Mann und pfeife auf alle Vorgesetzten, aber natürlich werde ich dir folgen. Also, servus, auf Wiedersehen in Wien, hoffentlich wirst du mich mit deiner amerikanischen Frau bald bekannt machen.“ Ein Händedruck und Fels schritt, die Ledertasche in der Hand, energisch auf das Dorf zu, nachdem ihm der Bauer noch seinen Namen vorbuchstabiert hatte.

Wie im Traume raste Fels vorwärts und zum erstenmal fühlte er sich wieder als freier Mensch, durchströmte ein gewisses Wohlbehagen seinen Körper. Als er das schmutzige, elende Dorf erreicht hatte, dem man es wahrhaftig nicht ansehen konnte, daß es kaum zehn Kilometer von der schönen, reichen Stadt Mailand entfernt sei, suchte er die einzige Herberge auf, klopfte – es war gerade fünf Uhr – den Hausknecht aus dem Schlaf und fragte ihn nach dem Podesta. Er hatte nicht weit zu gehen, denn der Besitzer des gegenüberliegenden Kramladens war das Oberhaupt des Ortes. Und Fels schrieb nun auf seinen Notizblock einige Zeilen, gab sie nebst einem Zehnkronenschein dem Hausknecht mit der Aufforderung, den Zettel dem Bürgermeister sofort nach dessen Erwachen zu übergeben. Dann ließ er sich den Weg nach Mailand weisen und ging weiter. Die für den Bürgermeister bestimmten Worte aber hatten in deutscher Übersetzung folgenden Inhalt:

„Vor kurzer Zeit ist ein Flieger in dieser Gegend niedergegangen, der sich jetzt bei Pietro Mascario verborgen hält. Er behauptet, ein harmloser Sportflieger zu sein, ist aber in Wirklichkeit ein Deutscher, und zwar ein ehemaliger Prinz, der nach Italien gekommen ist, um politische Unruhen zu verursachen und sich zum Herrn der Lombardei zu machen. Sorgen Sie dafür, daß er schleunigst, bevor er Zeit gefunden hat, sich mit seinen Verbündeten in Verbindung zu setzen, verhaftet wird.

Ein glühender Freund Ihres Vaterlandes.“

Während Fels durch den kühlen Morgen Mailand entgegenschritt, hielt er einen stummen Monolog:

„Weiß Gott,“ sagte er sich, „ich spiele dem guten Peters einen bösen, infamen Streich. Aber diese Gemeinheit, die ich da begehe, kann ihm nicht mehr kosten, als ein paar Tage Haft, mir aber das Leben und die Freiheit retten. Es muß sein.“

Die Wirkung des Schreibens an den Bürgermeister blieb auch nicht aus. Der Krämer und Podesta bekam den Zettel, als er den Laden um acht Uhr öffnete. Eine Viertelstunde brauchte er, um die Worte zu entziffern, dann blähte er sich gewaltig auf, sah sich schon als Retter des Vaterlandes in der „Lettura“ abgebildet, fühlte ordentlich den Orden, den man ihm an die Brust stecken würde, und machte sich daran, den Gendarm suchen zu lassen. Als dies nach etwa einer Stunde geschehen war, begaben sich beide unter Assistenz eines handfesten Burschen zu Mascario, wo sie den „Prinzen“ friedlich schlummernd auf dem Bette der Frau Mascario liegend antrafen. Und nun folgte eine endlose Reihe von Amtshandlungen und behördlichen Unternehmungen. Zunächst wurde Peters trotz seines Sträubens nach dem Gemeindekotter gebracht. Am anderen Tag kam eine Gerichtskommission aus Mailand, um den politischen Verbrecher und den Apparat zu besichtigen. Wieder am nächsten Tage wurde der Unglückliche nach Mailand ins Untersuchungsgefängnis gebracht, wo man ihm zum erstenmal einen Dolmetsch gegenüberstellte. Und das alles wurde sehr diskret und geheim betrieben, so daß die Öffentlichkeit erst nach acht Tagen davon erfuhr. Peters verwickelte sich, da er die Wahrheit zunächst nicht erzählen wollte, in allerlei Widersprüche, und als er die ganze Geschichte, ohne aber Fels zu nennen, der Wahrheit gemäß verriet, glaubte man ihm nicht ein Wort. Die Regierung in Rom delegierte einen eigenen Untersuchungsrichter nach Mailand und die Zeitungen durften nicht ein Wort über die Affäre veröffentlichen. Schließlich waren vier Wochen vergangen, als sich endlich die Gefängnistore vor Major Peters öffneten, der nun, da alle Zusammenhänge aufgeklärt waren, heimfahren konnte. Peters war wohl fassungslos vor Entsetzen gewesen, als er erfuhr, daß er einem Mörder zur Flucht verholfen hatte, aber er brachte es nicht über sich, Fels zu verdammen. Und als er einige Monate später auf seinem eigenen Grund und Boden die ersten saftigen Birnen vom Baume pflückte, sagte er zu seiner jungen Frau, die er nach zehnjähriger Verlobung endlich hatte heimführen können, wehmutsvoll: „Ein Luder, dieser Oskar Fels, aber doch ein famoser Kerl!“

## Zehntes Kapitel

Fels hatte gegen sieben Uhr Mailand erreicht, also noch zwei Stunden Zeit, bevor der Expreßzug nach Genua den Hauptbahnhof passierte. Er begab sich in ein Wirtshaus, frühstückte und las mit seltsamen Gefühlen im „Corriere“ und den anderen eben erschienenen Morgenblättern die telephonisch übermittelten Depeschen aus Wien, die in sensationeller Weise über die Aufklärung des Mordes im Wiener Cottage und die Flucht des „Gentleman-Mörders Fels“ berichteten. Der „Corriere“ reproduzierte sogar ein Interview, das ein Reporter der „Weltpresse“ um drei Uhr morgens, knapp vor Redaktionsschluß, mit dem Kriminalkommissär Dr. Heinrich Bär gehabt hatte. Bär sagte dem Journalisten: „Fels, dessen Intelligenz ich ja kraft unserer jahrelangen Bekanntschaft – das Wort Freundschaft verkneift er sich, murmelte Fels, als er dies las, vor sich hin – am besten beurteilen kann, hat es mit wahrer Genialität verstanden, sich der Verfolgung der Detektive zu entziehen, und so gehandelt, daß man annehmen müßte, er sei über Marburg nach dem jugoslawischen Staat und nach Triest geflüchtet. Ich habe aber die feste Überzeugung, daß er, nachdem der Diener weg war, sofort wieder den Zug verlassen und ein vorbereitetes Versteck in Wien aufgesucht hat.“

Fels lächelte, meinte, daß seine alte Überzeugung, Bär sei superklug und daher greife er so oft daneben, richtig sei und schlenderte nun durch die Straßen der Stadt, die eben im Erwachen begriffen war. Rasch kaufte er in verschiedenen Geschäften Wäschestücke, Toilettegegenstände, einen Reisepaletot, einen Plaid und schließlich einen umfangreichen Handkoffer, in den er die Ledertasche und die gekauften Sachen verstaute. Und wieder galt es eine Gefahr zu überstehen: die Abfahrt von Mailand. In der Linken hielt Fels den Koffer, die Rechte vergrub er in die Tasche des Pelzsakkos, in der schußbereit die Pistole ruhte. Es ging auf Leben und Tod.

Aber nichts geschah, was den Schuß gegen die eigene Schläfe notwendig gemacht hätte. Ruhig konnte sich Fels in das aufgeregte Getriebe des Bahnhofes mengen, ungestört einen Platz in der zweiten Klasse belegen und schon eilte der Expreßtrain durch die jetzt in Sonne gebadete

Landschaft, um nach kaum einer Stunde in Genua anzukommen. Mit raschem, geübtem Blick überzeugte sich Fels, daß auch in Genua kein Häscher seiner wartete, und ein Auto brachte ihn nach dem Pier der Mexiko-Line im Hafen. Ein ziemlich großer, aber etwas verwahrlost aussehender, in der Bauart schon veralteter Dampfer lag dort vor Anker, der Schraubendampfer „Präsident", der heute mittags seine regelmäßige Fahrt von Genua nach Vera-Cruz anzutreten hatte. Am Kai, genau gegenüber dem Dampfer, entdeckte Fels, ohne jemanden befragen zu müssen, das Bureau der Mexiko-Line. Schon wollte er hineingehen, aber, die Tür in der Hand, überlegte er anders und entfernte sich wieder, begab sich nach einer Hafenkneipe, trank guten, leichten Wein und verzehrte, ruhig und sicher überlegend, eine Schüssel Makkaroninudeln mit Parmesankäse. Beim Zahlen erinnerte er sich, daß er nur österreichisches Geld, abgesehen von den Wertpapieren im Koffer, bei sich hatte, und er suchte nun einen Geldwechsler am Kai. Da lagen wohl die Gebäude der großen italienischen Banken in unmittelbarer Nähe nebeneinander, auch Filialen des Wiener Bankvereines und der Deutschen Bank hatten sich wieder aufgetan, aber just an diesen schritt Fels vorbei, bis er zum Laden eines italienischen Geldwechslers kam, von dem er mit voller Gewißheit annehmen durfte, daß er ihn tüchtig um die Ohren hauen würde. Und so war es auch: zu einem unmöglichen, phantastischen Kurs wechselte der biedere Mann dem Fremden, der nun durchaus nicht anders sprechen konnte, als deutsch, hunderttausend Kronen in italienische Lire und mexikanische Dollars um, und als Fels ihn verlegen fragte, ob der Kurs auch der richtige sei, legte er mit Grandezza die Hand auf das Herz und versicherte, daß ein italienischer Bankier eher sterben als einen Fremden betrügen würde.

Fels strich nun die buntscheckigen Banknoten, von deren Echtheit er sich aber überzeugt hatte, mit der ruhigen Gewißheit ein, daß dieser Mann keinem Menschen und am allerwenigsten einer Behörde jemals von diesem Geschäft Mitteilung machen würde.

Langsam durchzog ihm das Reisefieber die Knochen und er schlenderte noch eine volle Stunde mit dem schweren Koffer durch die Straßen und erst knapp vor Abfahrt des Dampfers ließ er sich von einem Auto nach dem Pier bringen. Rasch erklomm er über die Laufbrücke das Schiff, das eben die letzten Ballen und Kisten in seinem Bauch verschwinden ließ, und begab sich direkt zu dem Kapitän, einem dunkelhäutigen, älteren Herrn, dem der weiße Knebelbart einen ehrwürdigen Anstrich gegeben hätte, wenn die schlauen, funkelnden Augen nicht ein wenig den mexikanischen Spitzbuben verraten haben würden. Fels stellte sich als Mister Williams aus Boston vor, erklärte, eben angekommen zu sein und daher keine Zeit gehabt zu haben, sich in der Office ein Billett zu lösen. Hoffentlich sei noch eine Kabine erster Klasse frei. Der Kapitän musterte kritisch den Ankömmling und verneinte. Achselzuckend erklärte er in einem ungeheuerlichen Gemisch von Italienisch, Spanisch und Englisch: „Sir, wir sind eigentlich ein Frachtschiff und führen nur eine Art von Kabinen, und davon auch nur Stücker zwanzig. Die sind alle vergeben, nur in einer wäre noch ein Bett frei, aber das werden Sie nicht nehmen wollen, denn die drei anderen Gentlemen in dieser Kabine sind Farbige."

Fels zeigte sich überaus bestürzt und jammerte: "O Mylord, ich bin ein nervöser, kranker Mann und wollte die Fahrt gerade mit einem langsameren Schiff machen, um mich unterwegs zu erholen, was soll ich nun tun? Mit farbigem Volk kann ich natürlich nicht fahren. Lieber Herr Kapitän, könnten Sie mir nicht Ihre Kabine vermieten, wie es ja auch oft die Kapitäne auf den großen deutschen und englischen Dampfern tun? Ich will ja gerne jeden Preis dafür bezahlen."

Im Nu verwandelte sich die gleichgültige Miene des Mexikaners in hellen Sonnenschein. „Jawohl," meinte er, „da Sie ein kranker Mann sind, so kann ich das ja tun. Aber es kostet viel Geld. Sie wissen, ich habe nichts davon, der Reeder steckt alles ein." Er erstickte an dieser Lüge nicht, sah sich aber vorsichtig um, ob nicht ein Clerk aus dem Bureau in der Nähe herumschnüffelte. Da dies nicht der Fall war, führte er den Mister Williams nach seiner Kajüte, einem hellen, großen, sogar leidlich sauberen Raum, und nannte als Passagepreis mit Verpflegung in größter Ruhe zweitausend mexikanische Dollar. Fels seufzte scheinbar tief und schmerzlich auf, erklärte sich aber bereit und kramte aus seiner

Brieftasche sofort die Scheine heraus, die der Herr Kapitän ersichtlich befriedigt einsteckte.

Gleich darauf kreischte die Sirene ihr Abschiedslied, die Taue wurden aufgespult, die Ankerkette emporgewunden und unter Dampf pfauchte der „Präsident“ zum Hafen hinaus.

Noch schwebte Fels fast eine Woche lang in qualvoller Ungewißheit, in Neapel und allen mittelländischen Häfen, in denen der „Präsident“ anlegte, um Fracht aufzunehmen, sah er, die Rechte um die Pistole geklammert, der Möglichkeit entgegen, daß Polizeibeamte an Bord kommen und ihn herunterholen würden, aber nichts dergleichen geschah. Und als der Dampfer endlich die Kanarischen Inseln passierte und damit die Hoheitsgewässer der europäischen Staaten verlassen hatte, atmete der Flüchtling tief und erleichtert auf. Eine weitere Verfolgung war, da der alte Dampfer keine drahtlose Station hatte, ausgeschlossen, und von der Kanalzone an war der mexikanische Dampfer auf mexikanischem Boden.

Nach drei Wochen legte der „Präsident“ im Hafen von Vera Cruz an und Fels verließ als Mister Williams das Schiff, ohne daß die Behörden dem „Inglese“, der gute, schöne Hundertlirescheine als Trinkgeld diskret austeilte, irgendwelche Schwierigkeiten in den Weg gelegt noch auch ihn nur um Papiere befragt hätten.

Eine Stunde nach Ankunft des Schiffes ging ein Zug in mächtigen Kehrten nach der Hauptstadt des Landes, dem über tausend Meter hoch gelegenen Mexico City, hinauf. Bevor ihn Fels aber bestieg, eilte er nach dem neben dem Bahnhof gelegenen Telegraphenamt und gab folgende Depesche als dringend auf:

„Miß Grace Kerens, Marlborough Palace, New York. Bin glücklich und heil in Vera Cruz angelangt und überlasse alles andere deiner freien Entschließung. Antwort trifft mich im Residencehotel Mexico City. Oskar Williams.“

Als Fels im Residencehotel sein auch nach europäischen Begriffen elegantes und vornehmes Appartement bezogen hatte, traf auch schon die Antwort auf die Depesche ein. Sie lautete:

„Oskar Williams, Residencehotel, Mexico City. Ich bin unsagbar glücklich und trete morgen abends, nach der Trauung Papas, die Reise zu dir an. Grace."

***

Als in Wien die abenteuerliche Flucht des Oskar Fels in allen Details bekannt wurde, war das Aufsehen ungeheuer und bildete durch Wochen das Tagesgespräch, bis sich neue Sensationsereignisse einstellten und langsam auch diese Affäre in den Hintergrund des Interesses trat. Dr. Bär aber hatte durch die Flucht des Fels einen schweren Verlust an Prestige erlitten und seine Hoffnung, beim nächsten Jahreswechsel an die Spitze des Sicherheitsbureaus berufen zu werden, erfüllte sich nicht. Er mußte noch etliche Jahre auf dieses Avancement warten.

Lange Zeit hindurch blieb Fels verschollen. Keine Kunde drang von den weiteren Geschicken dieses lebenbeherrschenden Mannes nach Europa, bis eines Tages Reisende, die aus Mexiko kamen, die Nachricht verbreiteten, daß Fels dort unter dem Namen eines Oskar van Rocker mit seiner schönen und geistvollen amerikanischen Gattin eine führende politische Rolle errungen und bei der letzten Revolution von den Insurgenten als Präsident ausgerufen worden sei. Bei den Kämpfen um die Herrschaft habe die alte Regierung den Palast des Ehepaares, der zum Hauptquartier der Revolutionäre geworden war, mit schwerer Artillerie beschießen lassen und nach allgemeiner Ansicht seien dabei Oskar van Rocker und seine Gattin unter den Trümmern des Hauses begraben worden. Aber diese wie andere Nachrichten über die neueste Revolution in Mexiko, bei der schließlich doch die alte Regierung gestürzt wurde, erfuhren nie eine offizielle Bestätigung.

Ende.